Dados Internacionais de Catalogação na Publicação (CIP)
(Câmara Brasileira do Livro, SP, Brasil)

Brasileiro, Marislei Espíndula
A Jóia da Galiléia / Marislei Espíndula Brasileiro
– Catanduva, SP : Boa Nova Editora, 2006.

ISBN 85-99772-07-4

1. Espiritismo 2. Romance I. Brasileiro, Marislei Espíndula. II. Título.

06-1058 CDD-133.93

Índices para catálogo sistemático:
1. Romance 133.93

Impresso no Brasil/*Presita en Brazilo*

Marislei Espíndula Brasileiro

A Jóia da Galiléia

boanova

Instituto Beneficente Boa Nova
Entidade coligada à Sociedade Espírita Boa Nova
Av. Porto Ferreira, 1.031 | Caixa Postal 143
Catanduva/SP | CEP 15809-020
www.boanova.net | boanova@boanova.net
Fone: (17) 3531-4444

3ª edição
3.000 exemplares
Novembro/2006

Capa
Direção de arte
Francisco do Espírito Santo Neto
Designer
Cristina Fanhani Meira

Revisão
Maria de Lourdes Pio Gasparin

Editoração eletrônica
Cristina Fanhani Meira

O produto da venda desta obra é destinado à manutenção das atividades assistenciais da Sociedade Espírita Boa Nova, de Catanduva, SP.

SUMÁRIO

APRESENTAÇÃO

O mais importante na vida é conhecer Deus, amor primeiro. Têlo realmente no coração para começar, preencher, passar e terminar o dia com amor.

O desejo de ver Deus, estar com Ele, louvá-lo, glorificá-lo, e saborear sua glória e majestade é a maior felicidade. Com bom coração pode-se mudar o mundo e servir à sociedade. Não buscar brilho pessoal, não se deixar corromper pelo egoísmo, mas transformar-se em servidor divino: esse deve ser nosso propósito. Os problemas e as preocupações devem ser bem recebidos, pois ensinam lições de humildade e reverência. Partilhar alegria, riqueza e conhecimento é o caminho mais seguro para ganhar a Divina Graça.

Marislei, com palavras amigas e bondosas, como educadora fraterna, mostra que Jesus é o Caminho, a Verdade e a Vida. E o leitor tem a oportunidade de assimilar o ensinamento de que o amor é, sem dúvida, resposta para todos os problemas humanos. Amar ao próximo como a si mesmo amplia a oportunidade de desenvolver, em sociedade, a compreensão, a solidariedade, a indulgência, o perdão das ofensas e o esquecimento do mal. A fraternidade ilumina a fonte de felicidade. Com metodologia didática, a autora conduz o leitor ao manancial do saber para melhorar a convivência, espalhando dessa forma a esperança, a fé e a paz. A caridade brota gentilmente das explanações lúcidas do mentor que descortina o mundo espiritual para dar testemunho de resignação, coragem e, sobretudo, paciência e amor. Segundo Jesus, a verdade liberta. De fato, livre, o homem constrói uma ordem social mais justa e solidária.

A escritora leciona que as pessoas felizes buscam na revelação nova o lugar de serviço que lhes compete. Elucida que o Espiritismo cristão oferece vasto campo de pesquisa e consulta, no qual raros estudiosos conseguem caminhar dignamente. Revela a oficina de renovação, onde cada consciência de aprendiz deve procurar a justa integração com a vida mais alta cultivando o esforço interior, a disciplina e o auto-aperfeiçoamento.

A Jóia da Galiléia é um convite para a reflexão profunda. Oferece as bases para o encontro da Verdade. O desafio para o leitor é descobrir o caminho, a consciência e a vida. É saber onde colocar a Jóia.

Niso Prego

Goiânia, 06 de novembro de 1998

[1] *Niso Prego é professor, técnico em assuntos educacionais, advogado, além de escritor e orador espírita vinculado à Irradiação Espírita Cristã, em Goiânia, Goiás.*

PRELÚDIO

Ao leitor amigo, almejamos elucidar inicialmente que esta é uma história intuída, que não se prende fielmente à história oficial. Ao contrário, deixamos que os personagens, os locais, os fatos e os costumes de época tomassem vida por si próprios.

Nosso sincero desejo, nesta obra, é mais do que fazer uma biografia romanceada. É ir além dos fatos e apresentar o sublime esforço de um ser humano cheio de imperfeições, que conseguiu sair da ociosidade do menor esforço e reconhecer que é possível seguir o caminho traçado por Jesus, a todo momento, e em qualquer lugar. De alguém que viveu pela sua ousadia à frente do seu tempo, que lutou contra as tradições insanas, contra os hábitos arraigados da matéria e, principalmente, que sofreu pelo amor de Cristo e do próximo.

O enredo se desenrola na época mais estudada, mais descrita e mais misteriosa de todos os tempos: a época do nosso querido e amado mestre Jesus, o fenômeno mais biografado e comentado em toda a história humana. Exatamente naquela região tão pobre geograficamente, e tão rica espiritualmente: a Palestina.

Como aconteceu, todo o povo cristão o sabe, mas nunca de forma explícita, objetiva. Também o modo não importa, e sim a razão, o porquê de Cristo ter surgido na Terra de uma forma tal, que a cada século que passa, mais forte fica sua imagem.

O que desencadeou a sua vinda, com ensinamentos tão maravilhosos, foi exatamente o estágio em que o povo daquela época se encontrava. O mais estranho é que se tem a impressão de que os mesmos ensinamentos têm servido para todas as gerações futuras.

Seja de forma subjetiva ou objetiva, o que importa é que não se pode perder tempo questionando se Jesus realmente falou tudo o que está escrito, se seu corpo foi carnal ou etéreo, etc. O que importa realmente é que todos os dias vemos diante dos nossos olhos incrédulos a lei agir, provando que os que não seguem o que ele falou demoram a progredir e sofrem mais. Isso é um fato real e bastante palpável.

A falível mão humana e as contaminações mundanas dos canais da intuição podem ter deixado erros em nossa modesta escrita. Aos doutores, àqueles aos quais é revelada a ciência do mundo, críticos que esmiuçarão cada palavra deste livro à procura de uma falha histórica para assim desdenharem seu conteúdo espiritual, deixo minha gratidão. Aos humildes de coração, que verão morta a letra, mas vivificado o espírito, e a quem Deus revela as coisas do Céu, reverencio-me e ofereço de coração este despretensioso trabalho, que tem a intenção de mostrar que Jesus é o Caminho, a Verdade e a Vida e que ninguém vai ao Pai senão por ele.

Em nossa obra "Madeleine, um passado em Paris", a protagonista da narrativa, Madeleine, encontrava-se no plano espiritual, onde aprendia lições preciosas e se preparava para reencarnar.

No entanto, ainda que estivesse bastante animada para resgatar certos débitos de um passado delituoso, temia não ser suficientemente forte para vivenciar algum tipo de experiência mais sacrificante. Intuía, em sua consciência, que poderia viver ou reviver situações repletas de oportunidades para dar os testemunhos de resignação, de fé, de coragem, de perdão, e sobretudo, de paciência e amor incondicional.

Anízio, o mentor espiritual de Madeleine, recorre, de forma humilde e benevolente, ao bálsamo santificador das sagradas lembranças de uma das últimas estadias dele no orbe terrestre, narrando os fatos redentores da sua vida física à dedicada aprendiz. O exemplo de vida do mentor amigo contagiaria Madeleine, tocando-lhe as fibras mais íntimas do coração.

Ainda pudemos vislumbrar as suaves e esclarecedoras lições do ilustre mentor Anízio:

– Madeleine, todos nós um dia já encarnamos em corpos masculinos e também em corpos femininos para que pudéssemos desenvolver atributos psíquicos plenos de masculinidade e de feminilidade, tão necessários ao aperfeiçoamento espiritual. Se vivêssemos na Terra somente em corpos masculinos ou femininos, não poderíamos perceber ou assimilar qualidades psíquicas inerentes aos dois sexos. O espírito, para alcançar a perfeição intelectual e moral, necessita desenvolver as características psicológicas dos psiquimos de ambos para que posteriormente possa desenvolver as características psicológicas dos anjos. É evidente que, após certo estágio de evolução, o Espírito poderá desenvolver os dois psiquismos, sem que necessariamente encarne em corpos de determinada sexualidade. No entanto, ainda em um nível primário de evolução, tal alternância encarnatória é necessária para o seu amadurecimento psicológico e emocional.

Após um breve, mas significativo silêncio, Anízio prosseguiu como se estivesse embalado por vibrações carinhosas de um passado sem mácula e distante:

– Recordo-me com emoção de uma das mais importantes de minhas encarnações sobre a Terra...

Enquanto o semblante do mentor iluminava-se como se penetrasse no infinito das mais sagradas recordações do Eterno, Madeleine ouvia-o com júbilo e atenção. Ambos estavam sentados em um banco de um florido jardim, numa colônia socorrista do plano espiritual.

Anízio, então, prosseguiu:

– Um dia a misericórdia divina concedeu-me a oportunidade de conhecer Jesus e com Ele conviver por algum tempo. Encontrava-me dentre os milhares de espíritos que viveram naquela época e puderam contemplar a face do meigo Rabi da Galiléia.

Os acontecimentos e fatos que lhe narrarei desenrolaram-se na época em que o mestre Jesus esteve entre nós, então visível ao nossos olhos! Todavia, Ele escolheu para viver uma região caracterizada por acentuados contrastes políticos, sociais e religiosos.

Os principais aspectos da vida de Jesus são conhecidos através dos Evangelhos de Mateus, Marcos, Lucas e João. Mas, as impressões infinitas do 'Amor não Amado' ainda permanecem no éter das vibrações cósmicas e na intimidade da consciência humana. Ainda não nos é permitido conhecer todas as nuanças da vida de Jesus, mas o motivo da vinda do Mestre é bastante claro. A cada século ou milênio, Jesus renasce em nossos sentimentos e pensamentos, ratificando que "o Reino dos Céus está dentro de nós".

O Divino Mestre não veio tão somente para aquela época ou para o povo de Israel. As Humanidades de Espíritos encarnados e desencarnados do nosso sistema estelar fazem parte do rebanho do Sublime Pastor da Galiléia. Jesus é o Sol de primeira grandeza que ilumina todos os sóis espirituais envolvidos pelo magnetismo cósmico de seu amor imortal. No entanto, umas das razões que desencadeou a sua vinda foi a necessidade de uma aceleração do ciclo evolutivo da Humanidade em seus primeiros estágios de civilização terrena. É ainda possível observar, mesmo após dois mil anos de sua estadia entre nós, que a 'Água do Evangelho' está sendo buscada por todos os povos de diferentes concepções religiosas e em todos os templos de fé e de esperança. A mensagem e o exemplo de Jesus não pertencem a um rótulo religioso: são a manifestação da mais pura religiosidade, são a religião em si.

Felizmente, os ensinamentos de Jesus têm revolucionado todo o orbe terrestre e, ao contrário do que se pensa, o mundo não está em decadência moral, mas em contínua ascensão evolutiva a cada dia, pois o Universo caminha em direção à Luz irresistível do Altíssimo.

Quanto às análises da letra dos textos sagrados, não se pode considerar que não houve algumas interpolações, mas os fundamentos morais do Evangelho permaneceram invioláveis.

Anízio, naqueles instantes, demonstrava uma superioridade que transcendia a compreensão de Madeleine. Falava dos ensinos de Jesus como se houvesse testemunhado cada palavra do Mestre. Sua voz parecia vir do infinito, sua mente estava iluminada por uma sintonia divina de difícil descrição. Após as últimas observações do sublime instrutor, a jovem Madeleine disse-lhe de forma quase tímida:

– Participar da vida de Jesus é o mais precioso prêmio espiritual que alguém pôde receber.

Anízio bondosamente completou:

– É por isso que vou lhe contar a minha história, a história de uma alma em ascensão. Os exemplos lhe servirão de consolo e de encorajamento para a sua escalada evolutiva. Na Terra, uma encarnação em corpo feminino, não raras vezes é bem mais proveitosa do que duas ou mais vidas em ambiente físico masculino, embora toda encarnação possa ser bem aproveitada quando se busca humildade, disciplina e coragem para o pleno cumprimento do dever. Reencarnar como uma mulher, escravo ou estrangeiro no tempo em que viveu Jesus não era nada fácil. Naquela época, qualquer desejo feminino de liderança ou de ideais de igualdade sequer era cogitado. Nos templos ou sinagogas, o posto máximo que uma mulher poderia chegar era o de acendedora de luzes no "Shabat"[1], exceto se fosse uma profetiza com elevados dotes mediúnicos, ou se houvesse casado com algum rei ou homem de muita importância. A ignorância religiosa chegava a ponto de fazer com que os homens orassem todas as manhãs agradecidos a Deus por não haverem nascido mulher. Esta, além de fazer todo o serviço de casa, andava com a cabeça encoberta, convivia com a poligamia dos esposos, estando totalmente sujeita a todas as suas vontades. Quando desencarnavam seus pais, todos os bens dos seus genitores e inclusive ela ficavam sob o poder dos religiosos. Naquele tempo, nem mulheres e nem crianças eram contadas no recenseamento. Qualquer mulher que não cumprisse fielmente todas as regras culturais de seu tempo, era considerada uma pecadora, principalmente se não se submetesse aos fariseus. Quando o casal não tinha filhos, ela era sempre culpada pela infertilidade do casal. Ninguém podia cogitar a possibilidade de que os homens também poderiam não ser férteis. Isso causava nela imensa tristeza e sentimento de inferioridade.

A partir de Jesus, tais idéias e comportamentos foram sendo modificados, embora de forma lenta e gradual, mas ainda hoje na Terra,

[1] *Shabat: ou sabá, significa o dia de descanso obrigatório. O sabá judaico vai do anoitecer da sexta-feira ao sábado à noite. É também um dia de celebração, pois que é o dia em que Deus abençoou, ao descansar do trabalho da Criação que Ele realizara em seis dias. Um judeu deve imitar Deus, descansando no Shabat de todo trabalho que manifeste o controle do homem sobre a natureza. – Fonte: Dicionário Judaico de Lendas e Tradições.*

tanto no oriente quanto no ocidente, a mulher ainda sofre discriminações em todos os setores sociais.

No entanto, o Pai Amantíssimo nos ama e quer ver a sua criação atingir os mais altos níveis de perfeição espiritual. Para que isso ocorra, não basta evoluirmos em bondade e amor, mas também em entendimento e sabedoria, a fim de que a evolução intelecto-moral atinja um satisfatório estágio de felicidade e, a partir daí, o Espírito saia das trevas da inferioridade e dos desenganos.

Após breve pausa, Anízio observou outros amigos que, atraídos pela intensa radiação que emanava de si, iluminando todo o jardim, aproximavam-se para ouvir a sua inspirada narrativa. Madeleine, então, fitou o horizonte e, com os olhos irradiantes de encorajamento, murmurou:

– Ah! Se meus olhos tivessem contemplado as majestosas planícies da Galiléia!... Se eu tivesse aspirado o agradável perfume daquelas encostas orvalhadas que testemunharam inúmeras vezes as preces comovidas do nosso Senhor!... Se meus pés houvessem tocado aquelas águas frescas e redentoras do rio Jordão!... Imagino-me deitada à sombra das sagradas oliveiras e dos suntuosos cedros, ouvindo o clamor das pedras, sentindo a magnitude das águas cristalinas do Mar de Tiberíades, e permanecendo ao lado de Jesus e dos seus diletos discípulos e amigos de jornada terrena até o fim dos meus dias.

Anízio emanava serena paz e notável alegria por ver Madeleine tão entusiasmada com a idéia de ouvi-lo. Narraria à discípula todos os detalhes de sua existência terrena quando reencarnou como a linda jovem Suzana e teve a feliz oportunidade de viver nos dias de Jesus, reconhecendo nele o verdadeiro Mestre. Em frações de segundos, relembrou os idos tempos da Galiléia, onde nasceu, e da Judéia, onde viveu seus momentos mais marcantes de forma corajosa, resignada e sempre fiel aos princípios de Jesus. O nobre mentor assim começou a sua narrativa:

TIBERÍADES

"O amor refulge no profundo silêncio
da alma, não na euforia das aparências."
Emídio Brasileiro

O alvorecer daquele verão tornava-se radiante para todos os habitantes da gentílica cidade de Tiberíades, localizada às margens das águas cristalinas do lago de Genesaré, cinco quilômetros ao sul de Magdala.

Na parte alta da cidade, viviam as famílias abastadas, atraídas pela grandeza da capital da inolvidável Galiléia. Tiberíades fora edificada por Herodes Antipas, o qual deu-lhe o nome em homenagem ao imperador romano Tibério. Em suas principais ruas, o amanhecer testemunhava os primeiros movimentos de mercadores, de escravos e de trabalhadores de todas as classes sociais. Nas vias públicas, os moradores disputavam lugar com os mercadores e animais. Aquela era uma região rica, fértil e de clima agradável, mas muito explorada pelos altos impostos romanos. Ainda assim, dentre a heterogeneidade daquele povo, portador de um dialeto corrompido pela influência de estrangeiros, alguns ansiavam pela vinda do Messias.

Naquela manhã de clima delicioso, os raios beliscavam as paredes brancas das casas e uma brisa muito fresca aliviava os transeuntes. Pelas ruas principais de Tiberíades caminhavam dois legionários romanos, robustos e bem vestidos. Ambos tinham o peito estufado pela armadura de couro e ferro que sustentava a capa vermelha e a indumentária militar. O capacete, prateado e imponente, aumentava-lhes ainda mais a estatura. Os braceletes e a espada certamente não seriam suportados por qualquer homem, senão um atleta. Um soldado romano era um campeão dentre os gladiadores. Cada representante militar da "Águia Imperial Romana" possuía a força de três guerreiros ou mais e uma inteligência bem treinada para as estratégias de guerra. O soldado mais alto chamava-se Otávio, que em seus quase trinta anos, parecia comandar o diálogo. Seu porte atlético ressaltava a pele bronzeada, contornando os negros olhos magnéticos, os lábios harmônicos e firmes. O rosto quadrado parecia uma escultura dos deuses romanos. O queixo, marcado ao meio por uma cova minúscula, dava à sua feição um misto de guerreiro e homem apaixonado, apesar da expressão austera. Junto ao companheiro Március, percorria o rotineiro trajeto da guarnição militar. Para passar o tempo, entabulavam interessante conversa:

– Já ouviste falar do Templo de Apolo, do Oráculo de Delfos com sua sabedoria? – perguntou Március, o companheiro menos favorecido pela beleza, porém, não menos atlético.

– Sim – respondeu Otávio –, há muitos séculos homens de grande relevância social buscavam suas revelações, mas eu particularmente jamais o vi.

– Pois bem – questionou o moço entusiasmado –, qual é mesmo a frase esculpida na entrada do templo?

– A famosa inscrição "Conhece-te a ti mesmo" – respondeu o jovem Otávio, com uma certa expressão de vaidade intelectual.

– Então, por Júpiter, por que permaneces com esse mau humor. Queres ou não ser um soldado romano? – perguntou o companheiro.

Otávio parou por um instante e, após refletir durante alguns minutos, argumentou com ponderação:

– Todo homem merece o mínimo de conforto para o seu corpo. Necessita também do mínimo de conhecimento para desenvolver sua inteligência, para que a mente não seja escravizada. Também precisa de uma família para que ame e seja amado. Ninguém resiste ao amor.

Quem poderá resistir à sua própria natureza? Entretanto – disse com inflexão amarga –, o que a vida tem me reservado?

– Ora! – tornou a insistir o rapaz, com voz de admiração. – A glória de servir a "Dona do Mundo"... Roma, a mais gloriosa de todas as nações, estende-te as mãos. É por ela que estamos nesta província, e temos a oportunidade de percorrer tantos locais diferentes.

– Apenas isso? – inquiriu o outro, indignado. – Meus anseios vão muito além de simplesmente servir, como um cão serve a seu dono. Tenho pretensões mais elevadas: as centúrias ou, talvez, uma legião romana.

– Por todos os deuses, amigo, tens pretensões políticas? – perguntou o companheiro entusiasmado.

– Não exatamente –, obtemperou, ponderando as próprias palavras –, mas não gosto da idéia de permanecer nesta província romana por muito tempo.

– Digo-te, meu amigo – sugeriu Március –, que é melhor nos concentrarmos em nossos postos, porque logo deveremos regressar a Jerusalém para tomarmos parte das investigações relativas às mortes misteriosas que estão ocorrendo por lá e nas cidades circunvizinhas, antes que o perigoso assassino chegue até outras regiões.

Otávio franziu o cenho e falou:

– Sim, meu caro, ouvi falar desses assassinatos misteriosos. Se ao menos pudessem encontrar um dos corpos de algumas das vítimas... Foram vinte as pessoas desaparecidas misteriosamente, sem deixar vestígio. Jerusalém está apreensiva, inúmeras buscas têm sido feitas, mas até agora nada encontraram. O assassino não deixou pista.

– No entanto, lembremos que o crime perfeito não existe. Cedo ou tarde o bandido será pego e castigado por seus crimes – afirmou Március, desejando prever o futuro.

Depois de caminharem até o final da avenida, os dois soldados tomaram um outro caminho que os levaria até o palácio de Herodes. Ao passarem por larga rua, onde existiam suntuosas residências, avistaram ao longe um homem de baixa estatura diante do portão principal de um rico sobrado. Ele era um cobrador de impostos e estava visivelmente irritado com a demora que existia em se abrir a porta. Com os punhos cerrados, batia ao portão, gesticulando, contrariado.

Enquanto Otávio e Március caminhavam calmamente, mantendo o diálogo em torno dos últimos acontecimentos de Jerusalém, o portão da grande casa fora aberto por um servo que humildemente recepcionou o publicano que parecia ainda mais irritado. Pelo semblante do criado, o homem não era bem vindo ali, mas logo o fez entrar. No interior da residência ricamente decorada, iniciou-se uma conversação pouco amistosa. O cobrador de impostos, com gestos grosseiros e voz ríspida, indagou:

– Onde está o senhor desta casa?

O servo fez sinal com as mãos de que ele deveria aguardar.

O publicano, indelicado, revelava um olhar de frieza e de ambição. Após um minuto na sala de estar, o cobrador de impostos olhou com desprezo o servo que continuava em silêncio e começou a ofendê-lo. Não sabendo que o servo era mudo, o publicano se levantou bruscamente em direção a ele e começou a falar, tencionando agredi-lo:

– Servo imundo, quem pensas que és, para te calares diante de mim?

Antes que as agressões verbais dessem lugar às agressões físicas, surgiu uma mulher com o rosto parcialmente coberto. Tratava-se de uma mulher jovem, de beleza singular, que aparentava vinte anos de idade. Tinha lindos olhos azuis, pele rósea e cabelos negros encobertos por fino tecido azul, caracterizando a condição virginal. Com voz branda, revelando doçura e firmeza, disse ao publicano, que mal soube conter sua surpresa diante da presença feminina:

– Senhor, peço-te calma! Não é necessário que desrespeites o nosso lar, agredindo os nossos auxiliares. O meu nome é Suzana. Em que posso servi-lo?

O publicano, demonstrando desprezo, respondeu:

– Quero falar com o senhor da casa. Não falo de negócios com mulher.

Suzana redargüiu:

– Se desejas tratar de negócios que dizem respeito à nossa família, peço-te que vá à sinagoga da cidade e procures Simeão ou Hemoz. Ambos passaram a cuidar dos negócios desta casa, após o falecimento dos meus pais.

O homem, ainda de forma cínica, proferiu:

– Uma órfã! E, pela moradia, percebo que herdaste uma grande fortuna! Teus impostos estão corretamente pagos?

Do outro lado da sala encontrava-se Hilda, que criara Suzana como se fosse sua filha. Ela percebeu no olhar do publicano algo do qual seu coração não gostou. E vendo que era um explorador, intrometeu-se na conversa:

– O senhor queira se retirar – disse com severidade – ou terei que utilizar de meus instrumentos domésticos para expulsá-lo, como expulso os ratos.

O homem franziu o cenho e declarou friamente:

– Percebo que alguns casos nesta cidade só se resolvem com a prisão. Amanhã retornarei a esta casa e se os impostos não forem pagos em dia todos apodrecerão atrás das grades.

Hilda, sem temer represálias, tomou a vassoura e partiu em direção ao cobrador de impostos, varrendo-o pelas costas e xingando-o, enquanto o homem esbravejava.

Já na rua, desequilibrou-se e tropeçou em Otávio e Március que passavam exatamente naquele local.

A função dos soldados naquele lugar era a de aplacar os ânimos do povo arredio, mantendo a paz nas ruas. Segundo as ordens expressas do imperador, todo e qualquer sinal de levante popular deveria ser cortado na raiz e aquela discussão caseira já era motivo para prendê-los. Para os judeus, toda e qualquer ação estranha às suas leis era motivo para lapidação. Para os romanos, tudo era motivo para prisões, julgamentos, sentenças e crucificações.

Otávio, tomando a dianteira, segurou o homem e deu-lhe voz de prisão. O publicano declarou que cumpria seu trabalho, mas seus esforços foram em vão e, em poucos minutos, todos estavam presos, inclusive a jovem e sua serva e protetora, Hilda.

Simeão e Hemoz foram avisados e imediatamente acionaram suas influências políticas para a libertação dos acusados. Hemoz foi à prisão interceder por Suzana e Hilda. Simeão buscou libertar o publicano, que também era um protegido seu.

Otávio, em seu gabinete, andava de um lado a outro demonstrando extrema preocupação. Március adentrou o recinto, percebeu a inquietação do amigo e questionou:

– Por Juno! O que te aborrece tanto?

Otávio apontou para que trancasse a porta e se sentasse. Tomando da taça que ali estava, sorveu o vinho e falou:

– Há tantos anos me conheces, mas não sabes do meu passado, nem do que se passa em meu íntimo.

– Dize, então – falou o companheiro –, para que tua alma se refresque. Estou aqui para ouvir-te.

Ele tomou novamente da taça e relatou:

– Oh! Por isso não quis voltar a esta província: para que não caísse nas mesmas armadilhas do passado. Este homem, à tua frente, traz na alma um tormento: a inverdade de carregar um nome, uma nacionalidade e uma história de vida falsos. Convém que saibas a respeito de tudo, desde o começo, para que possas me reter, se necessário, compreendendo minhas intenções mais sagradas. Minha mãe nasceu na Galiléia. Quando jovem, enamorou-se secretamente de um jovem estrangeiro, um soldado romano. Segundo os costumes judaicos, as ligações entre judeus e estrangeiros são proibidas. Sem entender os ditames do coração, a tradição venceu a paixão que os unia. Antes que a sua família a entregasse aos apedrejadores, ela conseguiu fugir para outra cidade e seu amado nunca mais foi visto naquelas paragens. Em Tiberíades, descobriu que em seu ventre estava o fruto de sua "fraqueza". Pediu esmolas às portas da sinagoga para sobreviver sem se prostituir. Quando nasci, minha mãe, vendo que eu era forte e saudável, deu-me o nome de Órion. Temendo repetir os atrozes sofrimentos do passado, jamais me revelou o paradeiro de meu verdadeiro pai, que, para ela, estava morto. No entanto, a juventude inquieta despertou-me idéias de desvendar o mistério de minha vida. Aos dezoito anos, soube, por um velho mercador, que meu genitor fora um romano, mas minha mãe negou-se a me revelar o nome dele, para que o infortúnio não batesse outra vez em nossa casa. Porém, meu temperamento forte não me deu sossego e mais uma vez a desventura arrebatou aquele coração materno, sofrido e solitário. A única alegria de sua vida desapareceu para nunca mais voltar. Abandonei minha mãe aos prantos e parti para Roma, escondido em uma galera para ser um entre eles.

Após uma breve pausa, prosseguiu, emocionado:

– Enfrentei fome, frio, ladrões e mercenários. Se não fosse bastante esperto, terminaria meus dias como escravo. Aprendi latim e, graças ao meu porte físico muito semelhante ao dos soldados romanos, não tive dificuldades em assumir uma nacionalidade falsa e me tornar mais um entre os milhares de militares do povo rei. Assumi o nome de um companheiro romano que falecera nas ruas. Agora, como Otávio, faço parte do exército de Roma e jurei nunca mais voltar àquela terra. Aprendi a adorar os deuses dos romanos e me esqueci para sempre do Deus de Israel...

Március ouvia a tudo, estarrecido. Otávio prosseguiu:

– Mas os deuses ditam os destinos dos mortais e traçam teias com fios inteligentes e intransponíveis. Os anos nada mais são do que um breve suspiro e os devedores devem retornar e quitar seus débitos, concluindo seus destinos traçados. Passados doze anos, obedecendo a ordens, fui obrigado a reforçar a guarda passando alguns dias nas cidades de Israel, que apresentam crescentes sinais de insubordinação. A contragosto, segui para esta terra com a esperança de retornar o mais breve possível, antes que alguém me reconhecesse. Mas, quando saí deste país, despedi-me friamente de uma menina, a única que me compreendia e ouvia com paciência minhas queixas. Hoje pela manhã a vi naquele grupo que encarceramos. Agora meu coração me trai e me arrasta para o passado. Em todos os lugares por onde passei, por todos os caminhos onde andei, e dentre todas as mulheres que conheci, nenhuma possui o brilho no olhar que revi naquele instante. Como se tornou bela! Um relance por entre o véu que cobria seu rosto deixou-me perceber que sou escravo daqueles olhos, de cujo fascínio nunca me libertei. Agora, desejo ardentemente estar com ela, sentir seu perfume, ouvir sua voz e relembrar antigos sonhos da infância. Mas, o que faço, se me tornei um romano? Estou em um labirinto pior que o do rei Minos.

Március ouviu tudo com abnegada compaixão e respondeu:

– Deves retornar o mais breve possível para Roma.

– Mas, como? – pranteou Otávio. – Que haverei de fazer além do que já fiz até hoje? Que emoção encontrarei nos escudos, nas lanças, ou num incontável número de troncudos homens arrogantes e sem nervos? Além do mais, como direi ao general que sofro de amor por uma judia, por isso fujo desta província tal qual um inseto apavorado por causa da fumaça?

– Caro amigo – falou Március –, nunca ouvi uma história tão louca. Agora te encontras em uma encruzilhada e tens pela frente um desafio. Se escolheres esta mulher, terás que te tornar um judeu, o que será para ti a morte. Se por outro lado tomares a decisão de fugir para longe, morrerás como morres agora pelo coração enfeitiçado. Que os deuses te inspirem, pois te transformaste em dois homens sem que possas te partir em dois.

Otávio levantou a fronte e falou:

– Não posso mais esperar. Se ficar pensando enlouquecerei. Irei à prisão e farei o que for preciso para libertá-la. Depois pensarei em algo.

No cárcere, a jovem procurava passar por aquele instante desagradável com dignidade, aguardando uma solução.

Otávio adentrou o corredor do cárcere sem se deixar impressionar com os instrumentos de tortura. Adiantou-se mais e olhou para o interior de algumas celas. Uns pediam água, outros rogavam por piedade e misericórdia. Resolveu então observar de perto o fruto de seu trabalho. Aproximou-se da cela onde estavam Suzana e sua serva. Esforçou-se para mirar aquele rosto feminino quase descoberto e que insistia em olhar para outro lado. Olhando-a atentamente, reconheceu alguns traços familiares e ordenou que o carcereiro o deixasse entrar na cela.

– Qual é o teu nome, mulher? – perguntou o legionário, tentando disfarçar a arrogância.

A jovem cobriu completamente o rosto e, nada respondendo, caminhou para o interior do cárcere. A serva, tentando protegê-la, interpelou rispidamente:

– Não te aproveites de nossa desdita, soldado leviano.

Otávio calou-se por um instante e pensou ter-se enganado ao imaginar que aquela jovem fosse a menina que conhecera na infância. A única que se aventurava a fugir de casa para brincar às escondidas. A que guardava todos os seus segredos e a única que verdadeiramente chorou na sua despedida.

Falando baixo, aproximou-se mais e sussurrou:

– Suzana! És tu?

A jovem levantou a cabeça ao ouvir seu nome e sem compreender acenou positivamente. Otávio modificou o semblante e ainda falando baixo obtemperou:

– Nada temas, hoje mesmo estarás em tua casa... porém, em troca de tua liberdade cobro-te um instante. À segunda hora da noite estarei próximo à tua moradia. Rogo-te uma palavra e nunca mais me verás. Não entrarei em tua casa, pois conheço as convenções do teu povo. Irei pela janela para não te comprometer.

Suzana fazia uma expressão de espanto. Quando Otávio percebeu que ela lhe negaria o pedido, fixou os olhos nos dela e disse com firmeza:

– Mas se não me atenderes, juro que retornarás a esta cela e nunca mais dela sairás.

Hilda, sem entender o que acontecia, preferiu nada dizer e aceitar a liberdade antes que a situação se agravasse. Afinal, nem sempre apareciam romanos fazendo acordos de libertações. Aproximou-se da jovem e cochichou-lhe algo no ouvido:

Suzana ouviu e disse ao soldado:

– Pois bem, senhor, que a tua vontade se faça.

O sol se punha no horizonte quando as duas mulheres foram libertadas sem maiores humilhações.

A noite chegou e a jovem permaneceu desperta aguardando retribuir o favor do soldado. Temia ser novamente presa se não cumprisse o combinado.

A segunda hora chegou e Otávio aproximou-se, encapuzado.

Hilda, extremamente preocupada, asseverou:

– Suzana, não tivemos outra escolha senão aceitar o acordo com este romano. Mas, pelo Deus de Israel, não troque mais que duas palavras com este chantagista ou teremos saído da prisão para enfrentarmos o apedrejamento. Conheces nosso povo!

A jovem, como a não temer o que poderia ocorrer, mantinha os redondos e reluzentes olhos azuis na fresta da janela aguardando o misterioso visitante. A lua ia alta quando as mulheres ouviram passos.

– É ele – disse Hilda. – Cubra-te imediatamente e, se tens amor à tua vida, não te demores.

Otávio abeirou-se da pequena janela subindo por um galho próximo à casa. Com traje negro, buscava a certeza de que não seria visto por ninguém.

– Salve, Suzana! – sussurrou, aproximando-se e retirando o capuz. – Não te lembras de mim?

A jovem falou entre os lenços que lhe cobriam a face:

– Como poderia esquecer-te, senhor, se na mesma tarde nos prendeste como o mais cruel dos verdugos e depois nos libertaste da prisão como o mais bondoso dos mortais?

Esforçando-se para manter-se sobre um galho de árvore que lhe sustentava os pés, asseverou:

– Tu não te lembras de mim? Sou eu, Órion!

Suzana estremeceu e, emudecida por uns instantes, detectou alguns traços do amigo de infância que, para ela, havia partido deste mundo para Deus.

– Órion! – murmurou. – Estás vivo e te tornaste um romano! Como pode ser?

– É uma longa história. Agora chamam-me Otávio e Roma é o meu mundo. Este uniforme militar intimida meus conterrâneos e ninguém sequer ousará me comparar a um garoto fugitivo. Gostaria que, como na infância, guardasses esse segredo. Todas as noites virei aqui para ver-te.

Suzana, cheia de temores, disse:

– Oh! Meu senhor, gostaria de estar contigo como na nossa infância, mas não é permitido. As coisas mudaram muito. Se...

Com a voz embargada silenciou e Otávio insistiu:

– Se o quê?

– Eu quis muito... Talvez se tivesses me levado, se tivéssemos fugido juntos, teria ido para qualquer lugar. No entanto, fiquei sozinha.

Sei que Simeão e Hemoz cuidam de mim como uma filha. Eles me ensinaram a ler, escrever e falar muitas línguas, mas... é impossível.

– Então, vem comigo agora – disse Otávio ansioso. – Não te levei porque não sabia o que iria encontrar pela frente. Sofri muito, mas aprendi também. Em todos esses anos a tua face não saiu do meu pensamento. Digo que neste instante realizo um sonho há muito esperado. Quando fui obrigado a vir para Israel só vi males, mas meu coração me dizia que nem tudo é escuridão. Agora vejo que és o único facho de luz a iluminar as trevas de minha vida..

Suzana, querendo evitar mudanças atrozes em sua vida, sentenciou com os olhos úmidos:

– Agora é tarde, meu senhor. Nosso destino está selado e estaremos separados para sempre. Servirei perpetuamente a Deus. Este é o meu destino e o teu destino é servir a Roma. Assim escolhemos e assim Deus quis. Sai de minha vida e não retornes mais a esta casa ou estaremos ambos desgraçados. Não poderemos mais nos ver. Por favor, vai!

Otávio pensou por um instante e lembrou-se dos poetas romanos que cantam o amor e falam desse desconhecido que vem unir as almas e avassalar os corações, sempre fazendo suas vítimas.

– Está bem – disse Otávio numa tristeza indescritível. – Como fui tolo em pensar que poderias ser a mesma! Os fariseus mudaram tua alma bondosa e a transformaram em um cálice vazio e gélido. Adeus, não mais a importunarei.

– Suzana! – chamou a serva.

– Já vou, Hilda –, disse a jovem distanciando-se lentamente.

Otávio desceu em silêncio e, antes de tocar o chão, olhou para cima como a querer guardar em sua mente uma última imagem. Para sua surpresa, Suzana olhou pela janela e descobriu o rosto para ver melhor aquele jovem entusiástico. Seus olhos se entreolharam e Otávio pôde ver, à luz do luar, como Suzana se tornara mais bela e encantadora.

Aquelas imagens ficaram em seus corações, atraindo-os pelo pensamento por muito tempo, marcando-os, mesmo que não quisessem. A noite despediu-se por eles.

TEMPESTADES DA ALMA

"Santo é todo homem que cumpre o seu dever dia a dia, hora após hora, admirado ou marginalizado, querido ou detestado."
Emídio Brasileiro

O dia amanheceu e os raios vindouros do sol trouxeram nova vida aos seres viventes.

Como de hábito, Suzana foi à sinagoga, onde os anciãos e doutores da lei se reuniam diariamente. Em cada cidade havia uma sinagoga, mas o povo se reunia anualmente no único templo da Palestina, o Templo de Salomão em Jerusalém.

Suzana não havia dormido durante a noite e saiu mais cedo, chegando horas antes do costume. Adentrou o pátio desaparecendo por entre as imensas pilastras. Diminuiu as passadas à medida que chegava à sala central da ala das mulheres. Passou direto à câmara superior, subindo por uma escada em forma de caracol. Desta vez, porém, distraída com o relembrar das palavras de Otávio, não percebeu que ficara defronte a entrada do vestíbulo, tendo como porta uma pesada cortina. Sem querer, ouviu uma abafada conversa entre Simeão e Hemoz.

Com semblante preocupado, Hemoz dizia a Simeão:

– Não achas que estamos levando longe demais as punições a esta inocente?

O outro respondeu irritado:

– É uma mulher madura e sábia, graças a nós. Preferias vê-la devorada pelos cães romanos, quando seus pais foram mortos? Vindo aqui todos os dias está protegida. Faz suas orações, traz oferendas e vive feliz.

– Não entendes, Simeão –, disse Hemoz com franqueza. – Sinto falar-te desta maneira, mas não posso vê-la perder a juventude neste engano. Uma mulher deve se casar e ter filhos. Deve ter uma vida normal, amar, ser amada e não ser explorada, como está sendo. Ela está infeliz, eu sinto. Tenho percebido isso nesse último ano. Sei bem que se tivessem sido os romanos os assassinos de seus pais, certamente teriam tomado suas posses. No entanto, estou ciente de quem usufrui de sua riqueza. E, como se não bastasse, ontem ela foi presa inocentemente por causa de teus comparsas que usam os impostos para extorquir dos mais fracos, sob tua orientação, e depois dividem contigo os frutos do roubo. Ultrapassaste todos os limites da minha tolerância. Não posso mais calar.

Simeão enfureceu-se e disse com arrogância e desprezo:

– Cala-te, Hemoz. Não deves dizer estas tolices entre as pilastras da Casa de Deus. Estás blefando!

Do outro lado da cortina, Suzana não se conteve e saiu apavorada, sendo amparada por Hilda.

– Ouviste tudo, Hilda! – disse trêmula e dominando as lágrimas que lhe brotavam dos olhos. – Todos esses anos estive enganada e vivi junto a um assassino!

Hilda segurou-lhe as mãos e, levando-a para o outro lado, falou com segurança:

– Neste instante não podemos tomar nenhuma decisão coerente. Aja como se nada soubesses.

– Tens razão – falou, refreando-se –, uma atitude drástica e impensada poderia me custar a vida.

Disse isso porque estava ciente de que se tornara ordinário roubar os bens de um órfão. Estes, muitas vezes se tornavam escravos ou sequer suas vidas eram poupadas.

Secou as lágrimas que lhe inundavam o rosto e respirou profundamente, tencionando pensar melhor quando saísse dali. Agindo como de costume, tomou das mãos da serva uma bolsa e subiu sozinha a escada, alcançando o andar superior, ao qual as pessoas comuns não tinham acesso. Somente os fariseus que prestavam serviço à Sinagoga, entre eles o de cuidar da literatura talmúdica podiam ali chegar.

Dos anciãos que serviam à Sinagoga, sete viviam enclausurados no andar superior, sem contato com familiares e sem poder exercer nenhuma atividade, senão a de mediadores entre os homens e Deus. Sendo a sinagoga uma casa de orações e para que Deus não descesse a sua ira contra aquele lugar, os sacerdotes mantinham esses sete homens em constante adoração. Assim, oravam rigorosamente várias vezes ao dia em intercalações regulares e sempre com a mesma fala. Segundo o chefe dos anciãos, as doações eram para alimentá-los e para manter a Casa de Deus, já que seu trabalho era em favor de todos.

Ao entrar na antecâmara, tinha os olhos flamejantes. Pela primeira vez, viu aquele lugar sob outro prisma, mas seguiu adiante. Após deixar a bolsa de dinheiro no posto das oferendas, adentrou a sala do chefe dos anciãos e ajoelhou-se diante dele. Ele lhe impôs as mãos e entoou uma bênção.

Logo que saiu, enojou-se daquelas palavras que, durante tantos anos, eram para ela motivos de fé. Assim aprendeu, por ser educada pelos anciãos ao ficar sem os pais, quando mal saíra da infância.

Segundo disse um sacerdote, ela foi escolhida por Deus para auxiliar nos trabalhos dos religiosos, mas finalmente entendia como fora usada todo esse tempo.

Agora, fora da sinagoga, cogitou fugir daquele lugar. E comentou com Hilda:

– A quem haverei de procurar? Para onde irei?

Hilda ponderou:

– Em casa pensaremos em algo sensato.

Chegaram em casa e a jovem começou a pensar em muitas coisas ao mesmo tempo. Mas, seus pensamentos foram interrompidos por batidas na porta de entrada. O servo abriu e saudou Hemoz.

Com o passar dos anos, o ancião nutriu especial e despretensioso afeto para com a jovem. Entretanto, não possuía forças para evitar a influência que o chefe dos sacerdotes exercia sobre o povo e principalmente sobre os fariseus. Hemoz, em seus quase setenta anos, mantinha uma postura esguia e serena. De seus grandes olhos castanhos irradiavam suave mansuetude.

A serva, indo ao encontro do visitante, adiantou prestativa:

– Suzana está abatida e com a saúde fraca. Rogo-te não incomodá-la, senhor.

Mas ele, solícito, redargüiu:

– O que tenho a dizer, mulher, não pode mais ser adiado, e falo por conta própria. Estou aqui como um amigo.

Enquanto falavam, ela ergueu-se e falou com voz embargada:

– Durante todos esses anos, pensei ter dedicado minha vida, meu coração e minha alma ao Deus de Israel. Assim agindo, imaginava manter longe de mim os sofrimentos do mundo para não acontecer comigo o que aconteceu com a minha família. Mas foi tudo em vão. Melhor seria ter caído nas mãos da morte, pelo menos estaria ciente do que me acontecia e não seria enganada por causa da fortuna de meus pais. Chego a duvidar da misericórdia divina.

– Não contamines teus lábios puros com blasfêmias – asseverou Hemoz. – Deus sonda cada coração e sabe que o teu sempre esteve com Ele.

Suzana mirou-o e disse com franqueza:

– O que ouvi hoje na sinagoga entre o senhor e Simeão não me deixam outra alternativa. Minha vida já não tem valor e a vingança ronda meus pensamentos.

Hemoz ponderou:

– Filha, deves glorificar a Deus tanto na ventura quanto no sofrimento e senti-lo em todas as manifestações da vida. Tudo é para o bem. Se um de teus fiéis servos não fizer o trabalho que lhe foi confiado, tu o repreenderás, certo?

– Não compreendo o que pretendes dizer – disse Suzana com ar de preocupação.

Hemoz continuou:

– Se alguém que não conhece tua realidade vier em teu lugar e repreender teus servos com severidade, ficarás brava também com esse alguém. Correto?

– Correto. Mas aonde o senhor quer chegar?

– Digo que não penses em levantar um dedo contra os fariseus, pois eles terão que prestar contas a Deus, não a ti. Se te vingares deles, também tu terás que prestar contas ao Pai.

– Compreendo e agradeço – disse convicta.

Hemoz continuou:

– Agora ouve: venho dizer-te que hoje mesmo está sendo preparada para ti uma fuga deste lugar e te juntarás aos caravaneiros do deserto. Assim ninguém te achará, nem mesmo Simeão, que planeja contra tua vida. Ele vê em ti uma fonte de riqueza que secará com a tua maioridade. Toma o caminho para Palmira. É distante, mas estarás segura. Segue para lá sem demora.

– De que adiantará me deslocar daqui para ali – falou Suzana, desconsolada –, se aonde quer que eu vá encontrarei fariseus. Ah! Por que os romanos não destruíram essa cidade inteira? Gostaria que descesse fogo do céu, como pediu Elias, para que não sobrasse uma só pedra sobre este lugar.

Suzana, ao perceber que mais uma vez se alterava, ponderou:

– Dê-me um tempo para pensar e comunicarei minha decisão. Entretanto, agradeço-te por ajudar-me. Sempre foste tão justo comigo.

Hemoz, ao perceber que seu conselho seria ouvido, aconselhou:

– Tenho certeza de que terás bom senso, mas não esperes outro amanhecer.

Suzana olhou-o profundamente dentro dos olhos e disse comovida:

– O senhor sempre me ensinou que não devemos nos prender aos rituais mecânicos da fé, nem sermos artificiais ao falarmos com Deus. Também me ensinou que devemos estar com a mente aberta aos novos preceitos e ter coragem para mudar. Porém, até hoje não entendo por que o senhor é tão diferente de todos os fariseus que conheci.

Hemoz falou com serenidade:

– Certamente, muitos conhecimentos te foram ministrados porque sempre foste uma excelente aprendiz. Mas digo-te que não sou tão diferente assim. Tenho defeitos, como todo mortal, e tu, que és uma alma confiante e dás crédito a este velho, deves saber que conheço todas as leis e orações, mas não pratico a metade delas.

Despediram-se com um abraço paternal, sem conter o pranto de uma dor silenciosa que os sufocava.

Suzana entrou para o quarto e caiu com a face nos travesseiros, dizendo em oração:

– Perdão, meu Deus! Ensinaste-me a ser prudente e, no entanto, deixei-me levar pela credulidade, confiando em todas as pessoas. Acreditei na dedicação, quando sempre houve enganação e esperteza. Acreditei na neutralidade, quando sempre houve hipocrisia e servidão forçada. Acreditei na simplicidade, quando houve comodidade ociosa. Pois bem, Senhor, pergunto: por que me fizeste assim tão cega aos males do mundo, tão surda às maledicências e tão inepta à corrupção? Não, não me fizeste assim. Eu me fiz assim. Tento seguir tuas leis, mas, Senhor, como tenho dependido do teu auxílio! Precisarei mudar, Senhor? Tu sabes, Senhor, que em meu coração não há lugar para rancor. Não há em mim, mágoa. Há somente credibilidade e muita confiança na bondade dos outros, principalmente na capacidade que todos têm de se renovar a cada amanhecer. Devo mudar, Senhor? Devo deixar de acreditar e de ter fé nas criaturas humanas? Como devo ser, Senhor, se nem mesmo sinto-me digna da tua misericórdia? Mas, tu sabes que noite e dia rogo teu amparo e me imolo quando percebo o quanto estou distante de ti. Que fazer, Senhor? Amar-te acima de todas as coisas...

De repente, elevou a cabeça e concluiu:

– Sim, meu Senhor, eis a resposta! Eu te sou grata eternamente. Meu coração, porém, continua apreensivo, pois ainda quero maiores esclarecimentos. Como agir? Dá-me forças, Senhor! Só tenho a ti. Que será de mim se a tua face me fugir? Que será de mim se não puder falar contigo? Ampara-me, nos dias de minha vida. Sei que tu me ouves, Pai, e me respondes. Sei que não sou digna, mas em tua misericórdia sempre enviaste teus anjos em meu auxílio. Envergonho-me diante de ti, pois sei da minha pequenez. Mas se eu não te chamar, Pai, a quem recorrerei? Dá-me prudência, sabedoria e bondade, Senhor. Que eu seja serva tua no cumprimento de tua lei. Abre a minha mente e faz de mim um instrumento dócil de tua vontade. Desviei-me dos teus olhos. Acreditei em mim mais do que em teus ensinos, mas agora que te reencontrei, nunca mais desviarei minha face de ti. Somente a tua proteção me basta...

Neste instante, Hilda entra no quarto e procura consolar Suzana, a filha querida que gostaria de ter tido, e que Deus colocou em suas mãos para que ela criasse e educasse como se fosse sua.

– É preciso cautela, filha. Pensa e mede tuas atitudes. Não tenhas pressa. As situações não se resolvem da noite para o dia. Mantém teu ritmo e não te desvies dos caminhos do Senhor. Estuda, medita, ensina e principalmente pratica. Dá primeiro o próprio exemplo. Aproveita as oportunidades que te são oferecidas e perdoa. Pensa, ora e pratica o bem sem exigir recompensa ou gratidão.

Suzana secou as lágrimas que insistiam em lhe brotar dos olhos e falou:

– Tens razão, sou uma tola, as lágrimas não ajudarão. Sinto que Deus ouve as minhas súplicas. Ele há de me socorrer. Vamos hoje mesmo partir deste lugar. Acataremos a sábia idéia de Hemoz.

A CARAVANA

"Se na luta travada, a espada do amor cair em desalento,
restará o escudo da fé para a devida proteção."
Emídio Brasileiro.

Aguardaram a vinda dos vários caravaneiros que costumavam passar toda semana por ali, levando alimentos, roupas, lã, tecidos da Índia, tapetes da Pérsia e utensílios do Egito. Percorriam a Judéia, Samaria, Galiléia e cidades próximas.

Naquela tarde os servos atrelaram os camelos e os deixaram fora da cidade. Ao cair a noite, levaram seus principais pertences, restringindo-se a alimentos, roupas e dinheiro. Suzana tomou consigo dois servos, mais duas protetoras, e partiram junto aos caravaneiros que passavam pela cidade vendendo e comprando. Um deles, um vendedor de trigo chamado Sirac, orientou-os em relação ao trajeto.

Alguns caravaneiros, esbravejando, diziam que naquele ano o verão se tornara o mais rigoroso das últimas décadas.

Suzana observava o horizonte em profundo silêncio. Jamais em toda a sua vida havia feito qualquer viagem. Habituada ao perfume dos campos, às brisas suaves das colinas e à fresca vibração das noites estreladas, estranhava cada segundo no deserto.

Intercalando a jornada entre o lombo do dromedário e caminhadas a pé, Suzana fitava o solo seco e estéril, enquanto o desespero tomava conta de sua alma angustiada. O vento era substituído por ondas de fogo e areia secando-lhe a garganta e queimando-lhe os olhos. Sua pele a cada instante perdia o aspecto aveludado. O sol escaldante, o mau cheiro dos dromedários, a comida estranha e tudo o que lhe era novo e desagradável desencadeava em seu frágil e desabituado organismo uma febre persistente que não cedia nem mesmo aos cuidados de Hilda. Durante o longo trajeto, por várias vezes fora acometida por desmaios, delírios e convulsões. Mas o que mais lhe abatia era a sensação de solidão, de completo abandono e desproteção. Numa dessas crises, aproximou-se delas um homem perguntando se podia ajudar. A serva dispensou-o, mas ele insistiu, dizendo a Suzana:

– Ouve, mulher. Eu estava doente há muitos anos, possesso por um espírito impuro, e um homem chamado Jesus me curou apenas com uma palavra. Hoje sou um homem transformado pela mão divina. Ele é o Messias, o nosso Salvador.

Suzana desencantada e influenciada pela febre falou meio confusa:

– Ora, eis mais um que diz ser o Messias. Foste enganado, senhor... Deixa-nos. Morrerei neste deserto e nada podes fazer.

O homem, firme em seu propósito, insistiu:

– Ouve-me. Ele anda por todos os lugares falando palavras maravilhosas, operando milagres e curando a todos. Transforma a água em vinho, curou o filho de um oficial de Herodes, cura leprosos, paralíticos, enfermos do corpo e da alma e ainda nos pede que não o divulguemos. Vem comigo. Retornemos e tomemos o caminho para Cafarnaum, onde ele estará ensinando.

Hilda, mirando aquele homem, perguntou:

– O que te impele a prestar auxílio tão desinteressadamente?

Ele respondeu emocionado:

– Desde que Ele me curou, busco outras pessoas doentes para que também possam receber a graça que recebi.

– Agradeço-te, senhor –, disse Suzana, tentando angariar forças –, mas já não acredito em nada. Minha fé hoje é tão pequena quanto um grão de areia deste deserto.

Ele insistiu mais uma vez:

– Segue-me e verás com os próprios olhos o que falo. Então tomarás o teu caminho se não decidires segui-lo para sempre. Verás que Ele é irresistível. Nada tens a perder. É a tua vida que pões em risco se nada fizeres.

Suzana e Hilda entreolharam-se e decidiram acompanhar o homem e seu grupo. Ao se aproximarem das colinas próximas a Cafarnaum, Suzana percebeu que os olhos daquele que a guiava começaram a ter um brilho diferente. Ele fixou o olhar e quase eufórico, falou:

– Vê, lá está aquele que te salvará de todos os males – e apontou para uma das colinas à frente.

Suzana olhou para o outro lado e espantou-se ao ver tamanha multidão, vinda de todos os lados. Assustada, falou:

– Grande Deus de nossos pais! Que vem a ser isto?

E viu paralíticos chegando carregados, lunáticos amparados por parentes, crianças e adultos portadores de todo tipo de doenças. Toda espécie de gente corria ao encontro de Jesus e Ele os curava.[1]

Suzana disse com desânimo:

– Não tenho forças para atravessar todo esse povo!

– Não desanimes – disse o homem solícito –, pois ele cura a todos que nele acreditam e nada pede em troca, a não ser a transformação interior de cada um.

Como que tomada por incomum descrença deixou-se levar como se não tivesse outra saída. Enquanto caminhava, Suzana observava no semblante das pessoas uma serenidade incomum: estavam de mãos vazias e pareciam tão felizes. Em seu âmago começava a refletir como poderia ter se abatido por causa de perda de bens que nunca trabalhou para merecê-los.

À medida que foram se aproximando da multidão, os dromedários foram atrelados pelos servos. O animal abaixou-se e ela desceu com dificuldade.

– Quem é aquele homem? – perguntou Suzana.

---

[1] *Mateus, 4:24*

– Seu nome é João, – o profeta que batizava junto às águas do Jordão. E acrescentou: – Ele é o cordeiro de Deus que tira os pecados do mundo.

Enquanto andava, percebia o olhar de esperança das pessoas.

O ex-possesso, prestativo, percebendo seu olhar vago, falou meigamente:

– Acredita nele e serás curada. Não vaciles, abre o teu coração!

Ela olhou para sua serva Hilda e percebeu que esta não conseguia conter o pranto. Emocionada, chorava copiosamente cobrindo o rosto com as duas mãos. De repente, olhou para o lado esquerdo e viu um rapaz deixar cair os cajados e sair andando e dando glória entre a multidão, dizendo: "Jesus é o Messias."

Internamente, ante aquelas impressões, seu corpo começou a estremecer numa agitação convulsiva. Seus olhos não conseguiam definir aquele semblante à sua frente. O ex-possesso a amparou e ela aproximou-se do lugar onde estava a figura mais esplendorosa que já pôde vislumbrar. Observou, em seus pensamentos: "Quanta nobreza para um homem vestido com tanta simplicidade".

O rosto de Jesus, dotado de simpatia misteriosa e indescritível, atraía a todos com o seu olhar sério e profundo. Seus passos continuavam firmes e decididos, apesar da multidão o pressionar. À medida que ia passando, tocava as pessoas com as mãos ou simplesmente emitia uma frase.

Suzana ansiava por aproximar-se daquele que realmente parecia ser o salvador, o Messias. Não poderia mais se conter. Nada mais importava. Faria qualquer coisa para nunca mais desviar os olhos daquela luz. Em seu desespero, aguardava um olhar, um toque.

Mas estranhou, pois Ele passou por ela e nem a olhou. Foi curar um paralítico que estava ao seu lado. Nesse instante, as dores se intensificaram e seu corpo ardia ininterruptamente. Então, saiu de sua garganta um misto de grito e gemido, vindo de dentro de sua alma:

– Jesus, filho de Deus, eu te imploro, tende misericórdia de mim!

Assim, o Mestre voltou-se e olhando serenamente para seus olhos assombrados e banhados em lágrimas, perguntou: "O que queres?"

Em sua mente havia uma mistura de confusão e doce calmaria. Envolta pela ignorância, balbuciou:

– Oh! Rabi, quero ser curada.

Ele disse com autoridade: "Perdoa e serás salva." E continuou seu caminho.

Suzana ficou anestesiada por alguns instantes e, sem compreender imediatamente, olhou para Hilda e para o ex-possesso. Tentando buscar uma resposta, disse:

– Disseste que Ele me curaria, mas apenas me sentenciou poucas palavras!

O ex-possesso compreendeu o que Jesus quis dizer e explicou:

– Se tens algum rancor contra alguém e não perdoaste, como podes estar limpa de coração e como queres estar curada?

Hilda ponderou:

– Ele tem razão, minha filha. Liberta tua alma da mágoa enquanto está no princípio.

Naquele instante, Suzana lembrou-se do que tirou a vida dos seus pais e viu o algoz distante e enfermo. Enquanto assim pensava, os tremores do seu corpo cessaram. As dores foram embora e sentiu-se totalmente lúcida, como se tivesse nascido outra vez. A tempestade do seu ser fora aplacada. As trevas de sua alma receberam luz. A partir daquele instante, sua vida mudara e pertencia a Jesus. Tudo faria para estar ao seu lado. Abraçando aquele que a levara, agradeceu:

– Perdoa-me por ter duvidado. Na minha inferioridade não pude absorver imediatamente as palavras de Jesus. Mas agora tudo compreendo. Oh! como me sinto cheia de júbilo.

O homem com olhos bondosos falou:

– Seguirei meu caminho e tu seguirás o teu. Estás renovada e aonde fores, não te esqueças que o perdão é condição essencial para a saúde do corpo e da alma.

Ao se despedirem, Suzana chamou-o e perguntou:

– Tanto bem me fizeste e sequer sei o teu nome. De que família és?

Ele virou-se e respondeu serenamente:

– Meu nome ou quem eu fui não tem mais importância. Hoje

quero que me conheçam como "aquele que foi libertado por Jesus Cristo". Quanto à família a qual pertenço, sou da família dos que seguem a Deus.

Despediram-se e Suzana olhou-o com profunda admiração e ternura.

Jesus já ia longe, seguido pela multidão, quando Suzana retornou ao lugar onde deixou seus pertences. Tamanha a sua alegria que chegou cantando glórias a Deus. Animada, disse aos servos:

– Se quiserem ir, estão dispensados. Minha vida mudou. Daqui para frente seguirei aquele que me libertou e o servirei com minha alma e meus pertences. Tenho ouro, prata, lã, seda e alimentos que até hoje só me atrapalharam. Mas agora podem servir para um fim útil.

Os servos decidiram que também o seguiriam. Passaram ali o dia todo ouvindo Jesus e seus ensinamentos cheios de verdade.

Suzana comentou com Hilda:

– Estas palavras não podem ser ditas por um homem comum. Ele é o Messias que esperávamos.

Seus ensinamentos calavam profundamente sua alma e, com certeza, a de toda a multidão que o ouvia naquele instante. O céu estava azul, a temperatura amena e uma suave brisa banhava seu rosto.

A multidão estava admirada do ensino dele, porque Ele ensinava como quem tinha autoridade e não como os escribas que traziam os textos decorados. Jesus desceu do monte e todos puseram-se a segui-lo, retornando a Cafarnaum.[2]

---

[2] *Mateus, 7:28-29*

NOVO LAR

"Nas noites de vossa existência, procurai a estrela guia.
Ela se manifestará através da suprema vontade do vosso esforço."
Emídio Brasileiro

Indo pelo caminho, Suzana percebeu que alguns homens estavam sempre mais próximos a Jesus. Procurou um deles, Simão Barjonas, o chamado Pedro, e falou:

– Senhor, gostaria de aqui estar constantemente e aprender com Jesus, por onde for. Além disso, quero doar meus pertences como auxílio.

Pedro respondeu:

– Jesus não impede que ninguém o siga. Porém, asseguro que serás mais útil se voltares para casa como os outros. Quanto aos teus pertences, se repartires com os mais necessitados farás um grande bem.

– Meu Senhor – insistiu Suzana –, sequer tenho para onde ir. Não tenho onde morar, nem tenho parentes. O que será de mim sem ver a face de Jesus? Eu apenas quero segui-lo. O que comerdes, eu comerei. Se dormirdes ao relento, também dormirei. Sereis a minha família.

– Não temas, mulher! – falou Pedro. – Há em Cafarnaum uma bondosa senhora e seu marido, um velho carpinteiro. Nunca tiveram filhos. Ficarão felizes em abrigá-la. Assim que chegarmos pedirei à minha mulher que te acompanhe.

– Que assim seja, Pedro. Serei eternamente grata!

Muitos dos que foram curados retornaram às suas casas e aos seus afazeres. No entanto, logo que a multidão se dispersava, retornando às suas cidades, outra se formava e todos o seguiam. Entraram em Cafarnaum, onde Jesus residia por alguns dias. Na casa de Pedro ele se sentia à vontade.

Chegando em Cafarnaum, Jesus opera uma cura inesquecível: a de um servo querido de um centurião cheio de fé. Provou isso quando, ao ouvir que Jesus iria curar o servo em sua casa, mandou dizer: "Não sou digno de que entres em minha casa – tanto que nem me julguei digno de ir ter contigo –, mas dize uma só palavra e o meu servo ficará curado. Porque também sou homem sujeito à autoridade e tenho soldados às minhas ordens."

Como pagão e em longo contato com os judeus, o centurião obedecia à tradição judaica em que nenhum israelita poderia entrar em sua residência sem os ritos cerimoniais destinados à limpeza do ambiente familiar. Ouvindo tais palavras, Jesus admirou-se da imensa fé do centurião e quando já se encontrava nas proximidades de sua residência, disse-lhe: "Vai e, como creste, assim te seja feito!"

E o servo ficou completamente curado.[1]

Jesus e alguns de seus apóstolos pernoitaram na casa de Pedro. A multidão procurou por hospedarias próximas para descansar. Encargo difícil, pois a presença de Jesus na cidade trouxe milhares de pessoas de todos as localidades.

Na manhã seguinte, Suzana foi à procura do casal, conforme a orientação de Pedro.

Judá e Miriam eram idosos, cheios de brandura e bondade no coração, e logo inspiraram em Suzana novos sentimentos, tamanha a bondade que lhes emanava d'alma. Ela queria se aproximar de Judá, pois há tempo não sentia o toque carinhoso das intenções paternais. Mas ele ficava a distância. No entanto, o bom velhinho ansiava também por algo que ainda não conhecia: a gratidão de uma filha.

A casa de Judá e Miriam era pequenina e Suzana sentia-se pesarosa

[1] *Mateus, 8:5-13*

ao pensar que teria de dispensar os quatro servos que trazia e a acompanhavam desde a mais tenra infância. Mas Miriam disse, amorosa:

– Não é necessário dispensá-los. Podemos alforriá-los. E se quiserem permanecer ainda contigo, os dois homens poderão ajudar na marcenaria de onde tirarão seu sustento. E minhas novas amigas me ajudarão nos afazeres da casa, garantindo a ordem.

Suzana alegrou-se e ficou cheia de gratidão, pois seus servos estavam com ela desde muitos anos e se ficassem distantes do seu convívio poderiam ter outro destino, o que geralmente ocorria com outros na mesma situação.

Naquela época, a maioria dos escravos era formada por crianças e jovens abandonados ou roubados por ladrões que tencionavam vendê-los e também por devedores de credores tirânicos. Eram ainda reféns de guerra seqüestrados pelos romanos, os quais os vendiam nas ruas como faziam aos jumentos. Às vezes, as meninas eram vendidas pelos próprios pais para comprar escravos. Segundo a lei, para serem vendidas elas precisavam ter mais de catorze anos. Se seu dono as matasse, ninguém pedia explicações.

No dia seguinte, após o amanhecer, Suzana estava à porta da casa de Simão Pedro. Antes, porém, havia passado em uma joalheira para vender todas as suas jóias, colocando o dinheiro em um grande alforje. Aproximou-se de Pedro e foi entregar-lhe o pequeno tesouro.

Diante da oferta generosa, o humilde pescador falou com doçura:

– Minha irmã, acreditas realmente que o Mestre viajaria por toda a Galiléia e Judéia como um rico viandante? Tudo o que levamos é o que nos basta para o sustento da viagem de uma cidade a outra. A bolsa que Judas carrega é para alguma emergência. Jesus nos ensinou que necessitamos de apenas sete coisas.

Suzana desculpou-se, pois percebeu que Pedro tinha razão. Aliás, o próprio Jesus não chegava a utilizar tudo a que tinha direito. Usava um par de sandálias, uma túnica, um cinto e às vezes uma capa. Isso era o que precisava. Além de se alimentar muito pouco, sequer tinha um leito para recostar a cabeça. Ele dispensava o alforje, o leito e a casa.

O dia chegava ao fim, o céu mudava de cor e a noite se aproximava, quando Jesus terminou de ministrar seus ensinos às multidões que o seguiam constantemente. Suzana e Hilda, após ouvirem suas palavras reconfortantes e cheias de sabedoria, encaminharam-se para casa cortando caminho por uma viela. A passos largos, elas procuraram atravessar o mais rápido possível aquele trajeto isolado. A noite tornara-se negra tão rapidamente, que não se podia enxergar um passo adiante. Suzana não se sentia segura ali e tinha a sensação de estar sendo seguida. O coração disparado fornecia suprimento às pernas e alargava os passos. Preferia não olhar para trás, mas aquele pequeno trajeto pareceu infinito. De repente, um vulto empurrou para longe a pobre Hilda que caiu quase desacordada. Sem forças compatíveis para lutar com o agressor, Suzana foi tomada por uma pesada mão que lhe tapava a boca, enquanto a outra lhe agarrava por trás da cintura, com uma força descomunal. Podia-se sentir seu hálito cheirando a vinho. Tentou gritar por socorro. Apavorada, podia ouvir o que lhe dizia ao ouvido enquanto arrastava-lhe para o muro: "Quieta, senão morre!"

Em franco desespero, apelava em pensamento para a proteção divina.

Quando tentava inutilmente desgarrar-se, ouviu um brado:

– Maldito bêbado, deixa essa mulher ! – ordenou com firmeza. – Aprenderás que foste treinado para manter a ordem e não para usurpá-la. Põe-te de lado.

A jovem estremeceu e se voltou. Avistando Otávio, reconheceu aquele belo rosto. Por instantes ficou petrificada, mas depois, com os olhos brilhando, saltou para ele e colocou a cabeça em seu peito, murmurando:

– Foi Deus que te enviou!

O malfeitor aproveitou para tentar escapar, mas Otávio, após dizer a Suzana que fosse para seu cavalo, empunhou a espada enquanto o homem também empunhou a dele e se lançou como um gatuno em sua direção, esbravejando:

– Essas escravas judias de nada valem. São umas vadias e merecem nosso desprezo. Se estavam passando por esse lugar é porque queriam ser atacadas.

Otávio corou e redargüiu em alterada voz:

– Vais engolir cada palavra ultrajante, maldito!

E lançaram-se novamente um sobre o outro duelando com suas espadas. Estas, ao se tocarem, soltavam faíscas de fogo em um antagonismo mortal. Otávio, mais forte, rapidamente desarmara o inimigo. A seguir chegaram mais dois soldados que levaram preso o inesperado salteador.

E, voltando-se para Suzana, indagou segurando-lhe as mãos ainda trêmulas de medo:

– Como te sentes?

– Agora muito bem, senhor obrigado. Creio que aquele pobre homem carece de Deus em seu coração – respondeu Suzana tentando sorrir.

Otávio, estupefato, colocou as mãos na cintura e disse com desdém:

– Carece sim, de ter a cabeça arrancada do corpo!

Suzana estremeceu ante aquelas palavras e perguntou:

– O que acontecerá realmente àquele homem?

– Daremos um jeito de acabar com a vida dele – disse Otávio dando-lhe as costas e se distanciando.

– Por favor, não o mates –, disse Suzana segurando Otávio pela capa. – É uma alma doente e o que fez é uma conseqüência de sua enfermidade. Poupa sua vida para que ele se recupere. Salvaste a minha vida. Ora, como pode alguém que salva vidas também tirá-las?

– Pois bem, se é assim que desejas...

E gritou aos soldados que já iam longe:

– Guardas! Amputem apenas o que faz dele um insano e deixem-no viver... para que se recupere.

– Não! – berrou o infeliz tentando soltar-se a todo custo das mãos dos guardas. – Prefiro a morte, por favor, não!

Hilda, recuperando-se do susto, abanou a poeira de suas roupas e disse:

– Mais uma vez agradecemos, senhor. Agora precisamos ir – disse quase arrastando pelo braço a jovem Suzana que mantinha os olhos fixos nos de Otávio, que aproveitou para perguntar:

– Ainda não me disseste o que fazes nesta cidade.

Ela entristeceu-se e com o semblante lúgubre falou:

– Este é o lugar que Deus escolheu para que eu pudesse viver em paz, longe daqueles que um dia alertaste-me para tomar distância. Para que não perdesse a vida por causa de um pedaço de terra e umas centenas de ovelhas, fugi para esta cidade que me acolheu com tudo o que eu necessitava. Um amigo me orientou e estou morando não muito longe daqui, com um casal maravilhoso que abriu seu lar e seu coração, acolhendo-me. Do contrário, Simeão seria capaz de matar-me sem deixar pistas, caso não lhe entregasse tudo o que meus pais me deixaram.

– Por Júpiter – disse Otávio quase colérico. – Passarei a fio de espada cada um daqueles fariseus hipócritas exploradores. Só preciso encontrar o momento certo!

– Não farás nada disso – apelou a jovem. – Verás que o mal que fizeram converteu-se em imenso bem. Agora vai, não posso ser vista contigo. És um romano, esqueces?

Então ele teve uma idéia súbita:

– Espera. Por que não tive esta idéia antes? Se não posso me aproximar de ti por que sou romano, então me tornarei um judeu. Aguarda-me neste local. Suzana e Hilda, sem entender, novamente atenderam ao pedido do jovem. Em poucos minutos, Otávio retornava vestido com uma túnica marrom, adornada por franjas alaranjadas e com um pano branco cobrindo a parte alta da cabeça. Disse entusiasmado:

– Então, senhoras, com quem pareço?

Hilda riu e, olhando para os lados para certificar-se de que ninguém havia testemunhado aquele ato, sussurrou:

– Estás louco, senhor Otávio! Pensas que vais enganar a quem?

Otávio respondeu, aproximando-se:

– Dizem que um homem é capaz de todas as loucuras por uma mulher e se ele a ama é capaz de arriscar a própria honra e a própria vida. – E olhando nos olhos de Suzana continuou: – O destino tem nos separado e nos unido em situações extremas e quase trágicas. Isso não é por acaso. Parece que tua vida está sempre em perigo e o teu Deus sempre me coloca em teu caminho. Não podes negar que mesmo se quiséssemos não poderíamos nos distanciar por muito tempo. – E olhando o céu estrelado continuou animado: – A partir de hoje, enquanto estiver contigo, meu nome voltará a ser Órion... sim, Órion, de Tiberíades.

REENCONTRO

"Desejais convencer alguém?
Amai-o primeiramente."
Emídio Brasileiro

Os olhos de Suzana brilharam. Ela poderia estar reclamando dos arranhões e do susto que sofrera, mas nada disso fazia parte dos seus pensamentos. Em sua mente e em seu coração sentia apenas as vibrações de amparo daquele que amara na infância, mas que agora lhe despertava um sentimento maduro, levando-a à vontade de permanecer ao seu lado para sempre.

A noite sem luar já cobria de escuridão todas as ruas. Caminhavam para casa quando só então ela pôde balbuciar algumas palavras de agradecimento:

– Serei eternamente grata por salvares minha vida, mas nossas almas não poderão encontrar repouso, pois a farsa e a mentira não podem sustentar um amor... é impossível.

Otávio parou e, puxando-a para si, disse alterado:

– Entendo, teus beijos são para outro. Teu coração já está destinado a algum judeu medíocre! Por Júpiter, estou sendo um tolo. É isso?

Suzana, trêmula, falou comovida:

– Tu sabes que te amo, mas te vestires como um judeu não te fará um judeu. Estas roupas não te farão deixar de ser um romano, pois assim te tornaste em teu coração. Viveremos uma mentira, um romance secreto e perigoso!

Otávio mirou-a e falou:

– Eu te acompanharei até tua casa e te pedirei em casamento. Contaremos o acontecido da noite e ninguém poderá nos julgar.

– Estás delirando – disse Suzana. – E os teus soldados? Virão procurar-te e teus superiores não te perdoarão. Vai enquanto é tempo. A noite está escura, o povo não nos viu.

– Nada temas. Estou em Cafarnaum apenas de passagem e como estou constantemente em viagem nunca saberão onde realmente estou. Quanto aos meus homens, eles seguem minhas ordens sem questionar e são de inteira confiança. Para os vizinhos, sou um comerciante de jóias que vem e vai. Como vês, para tudo há uma saída inteligente.

Suzana encabulou-se com tamanha perspicácia. Olhando para Hilda, e vendo que esta aprovava a ideia, decidiu aventurar-se na nova etapa.

– Seja o que Deus quiser – disse convicta. – Aproveitarei para te apresentar Miriam e Judá.

Miriam assustou-se ao ver Suzana empoeirada e com os cabelos em desalinho. A jovem narrou sem detalhes o que lhe ocorrera e foi para o quarto, para banhar-se e trocar as roupas.

Otávio, agora Órion, apresentou-se ao casal. Miriam achou-o educado e belo. Judá torceu o nariz e levantou o lábio superior ao ver um estranho, mas ficou agradecido e sentaram-se para conversar.

Quando Suzana retornou, encontrou-os em animada conversa. A diplomacia de Órion logo conquistou Judá, que dizia:

– Pois foi isso que aconteceu, meu jovem. Suzana é uma moça corajosa. Deixou todos os seus pertences aos fariseus antes que perdesse sua vida. Se eles queriam terras e rebanhos, ela deixou tudo para eles.

Ainda conversaram por algum tempo até Órion despedir-se de todos. As impressões de Judá e Miriam foram positivas, graças à mente arguta de Otávio.

No dia seguinte, Órion retornou à casa de Judá com intenções nítidas de estreitar os laços entre eles, tornando-se em pouco tempo um membro da casa, evitando suspeitas dos vizinhos.

Órion dizia em meio a entabulada conversa entre eles:

– Assim que estivermos casados, retornaremos a Tiberíades e reaveremos todos os teus bens de herança.

Suzana recostou-se carinhosamente junto a Miriam, que estava com eles, e disse convicta:

– Não me importo. Jesus nos ensinou que devemos amar os nossos inimigos, fazer o bem aos que nos odeiam, abençoar os que nos amaldiçoam, orar pelos que nos perseguem e caluniam, para que nos tornemos filhos do nosso Pai que está nos Céus. Ele faz nascer o Sol sobre maus e bons e faz chover sobre justos e injustos. Se amarmos somente aqueles que nos amam, e fizermos o bem aos que nos fazem o bem, que merecimento e recompensa teremos? Até mesmo os pecadores amam aos que os amam. Por isso, devemos ser misericordiosos como nosso Pai e perfeitos como Ele. Já lhes perdoei e isso é o que importa.[1]

O temperamento impulsivo de Órion o dominou e fê-lo esquecer-se de que deveria agir como um judeu. Mudou o semblante, afastou-se do travesseiro onde estava recostado e disse feroz:

– Perdoar! Acabarei com a raça de todos aqueles indolentes! Não sobrará um para contar a história.

Judá e Miriam saltaram para trás, assustados com aquele comportamento.

Suzana interpelou-o com voz tranqüila, porém firme:

– Calma! Não deixes que cresça em teu coração as raízes do ódio e do rancor. – E, fazendo uma pausa, continuou: – Enquanto sofria as dores da frustração a caminho deste lugar, encontrei um ser celestial que atrai as multidões com suas palavras cheias de amor e bom senso. Dentre alguns de seus ensinamentos Jesus deixa claro que quem matar será julgado e todo aquele que tiver raiva ou mágoa do seu próximo ou chamá-lo de tolo ou idiota será responsável em juízo e merecerá o castigo.[2] Por isso, devemos nos reconciliar com nossos inimigos o mais breve possível para que Deus ouça nossos pedidos.

---

[1] *Mateus, 5:43-48*

[2] *Mateus, 5:21-22*

Órion ouvia em silêncio. E ela concluiu:

– Compreendeste a profundidade de tais palavras? Se agredirmos alguém, seremos condenados e todo o mal que fizermos será cobrado, mesmo que seja feito a um inimigo. O rancor e a mágoa deverão ser extirpados do nosso coração para que alcancemos a paz. O amor, entre todas as criaturas, é a base para a harmonia entre os seres. E Jesus tem ensinado isso em todos os lugares por onde passa.

Ele acalmou-se. Entretanto, uma nuvem de ciúme alterou seu semblante. Em seu pensamento inquieto, imaginou tê-la reencontrado tarde demais, pois já amava outro homem e ousava dizer-lhe o nome às fuças. Quem seria esse tal Jesus cujo nome ela pronunciava com voz tão doce e olhos brilhantes? Resolveu ousar e perguntar rispidamente:

– Quem é esse tal Jesus?

Suzana aproximou-se e disse:

– Ah! Bom seria se tivesses a chance de vê-lo face a face. Todo o teu sangue se agitaria nas veias, tua alma sentiria vontade de saltar do corpo e nunca mais voltar. Ele é a luz do mundo.

Órion redargüiu, sufocando a ironia com dificuldade:

– Estou sabendo de um certo nazareno que anda fazendo milagres e agitando o povo à rebelião. As tropas de Herodes estão espalhadas por toda a região onde haja sinal de agitação. César não quer barulho. Quer eliminar qualquer indício de insubordinação a Roma.

Judá levantou-se e bradou:

– Que sabes tu, meu jovem, das intenções do maldito César?

Órion disfarçou e disse:

– Meu bom senhor, não sou homem que espera por uma noiva enquanto ela sonha com outro. Se não a amasse, não me preocuparia com sua segurança.

Aquelas palavras soaram para Suzana como um raio que corta o horizonte. Pedindo licença a todos, ela chamou o noivo para o fundo da sala e disse:

– Meu querido Órion, onde está o coração terno e carinhoso que conheci na minha infância, única alegria de minha alma? Falas como se Jesus fosse um salteador, um bandido. Ele pode ser um rebelde, mas sua causa é outra. Em suas palavras nada há de violência. Ao contrário, prega a paz, o amor aos inimigos e o cumprimento às leis de Deus. É um pacifista e um reformador das leis de Moisés e nada fala contra elas. Se isso é agitar o povo, então que a Terra e o Céu se estremeçam também, pois que Ele fala ao espírito...

Ele achou melhor não levar o assunto adiante. Acalmou-se e convidou-a para que retornassem à sala.

O dia chegava ao fim. O casal caminhou para o quintal da casa onde havia uma pequena marcenaria. Sentaram-se nas banquetas de madeira e puseram a conversar. Os raios prateados do luar iluminava-os naquele instante sublime. Enlaçando-a em um abraço apertado, ele disse em tom apaixonado:

– Esqueçamos o passado. O tempo é breve e não espera pelos mortais cheios de dúvidas. Desejo unir-me a ti para toda a vida. Agora que todos já me conhecem como judeu, nada impede que nos unamos.

Suzana disse comovida:

– Estou de acordo e se te lembras da lei de Moisés, sou filha única e tu também. E maldito aquele que não deixar descendência!

Órion questionou desanimado:

– Tu casarás comigo por causa da lei de Moisés?

– Claro que não é somente por esta razão – disse Suzana sorrindo. – É porque te amo e sem amor as criaturas não podem sobreviver.

Após alguns minutos, Órion acentuou:

– Ficaremos nesta cidade por algum tempo, depois iremos para Jerusalém, onde as centúrias me aguardam.

Suzana assustou-se:

– As centúrias! Pretendes te tornar um centurião?

– Ainda não – respondeu Otávio –, mas tenho minhas pretensões.

Ela caminhou dois passos, dobrou o indicador sobre os lábios, num gesto todo seu de reflexão e disse empolgada:

– Ter cem homens sob seu comando é muita responsabilidade. Imagine levar todos para ouvir Jesus.

Ele rompeu uma gargalhada e disse:

– Romanos aprendendo com judeus? – ironizou. – Realmente, Suzana, só tu devolves meu bom humor.

– Não zombes! Ele é o Senhor e um dia tu reconhecerás...

Seguindo rigorosamente as tradições, ficaram alguns dias sem se verem. Judá providenciou uns jovens da vizinhança, que se encarregaram de despedi-lo da vida de solteiro. Miriam, sempre bondosa, providenciou umas jovens para acompanhar a noiva.

Antes de começar a cerimônia do casamento, Órion foi à câmara nupcial para ver a noiva antes que ela cobrisse o rosto com o véu. Isso porque num incidente relatado na Bíblia, Jacó desposou a mulher errada porque ela estava com o rosto coberto por um véu.

Ao entardecer do dia marcado para o casamento, vieram Órion, vestindo uma túnica branquíssima, e seus acompanhantes com tochas acesas à mão, cantando alegremente. Judá mandou chamar um rabino para abençoá-los com orações e cânticos sagrados. Suzana aproximou-se ricamente vestida, com flores enfeitando o véu que lhe cobria a cabeça, recitou votos de fidelidade e rogou bênçãos de saúde e fertilidade. Órion colocou então o anel matrimonial no dedo da jovem noiva, leu o documento do casamento e o entregou a ela.

Para terminar a cerimônia, o noivo tomou um copo para quebrá-lo. Conforme a tradição, o noivo quebra o copo para lembrar a todos a tristeza sentida quando da destruição de Jerusalém. Segundo a crença popular, se o noivo não conseguir quebrar o copo na primeira vez, ele será dominado pela esposa.

Porém, o inesperado aconteceu. Órion lançou o copo com toda força, mas o copo não quebrou. Os convidados começaram a fazer comentários irônicos. Suzana, percebendo as expressões desconcertantes do noivo, adiantou-se e cochichou-lhe ao ouvido:

– Lança-o ali naquela grande pedra e não sobrará nenhum pedaço inteiro.

Órion foi até o copo, recolheu-o e mirando a pedra jogou o copo que imediatamente se estilhaçou em mil pedaços. Todos aplaudiram e começaram a festejar com cânticos.

Dali, os noivos foram para a nova moradia que Órion adquiriu. O casamento os libertava de todos os pecados, como se houvessem nascido outra vez.

Ao adentrar a residência, Órion exclamou a respeito da casa:

– Comprei-a de um rico judeu, mas preferi fazer algumas reformas rápidas a fim de melhorar nosso conforto.

Suzana atravessou o aconchegante jardim que ladeava a casa pelos quatro cantos. A casa era separada por calçadas de pedras lavradas. Ao centro, um caminho igualmente forrado por pedras. Adentrou a porta de madeira maciça e deparou-se com uma ampla sala. Órion abriu as janelas laterais, o que deixou o ambiente claro e arejado. Ao fundo, uma belíssima lareira adornada por pequenos muros trabalhados com pedras de diferentes cores.

Ao centro do recinto, uma enorme mesa enfeitada com dois candelabros de argila, idênticos aos que estavam pendurados nas paredes. Obedecendo aos instintos femininos, Suzana adentrou outro cômodo à direita e encontrou rente às paredes, como que escavadas, imensos vagões onde jaziam utensílios domésticos feitos de barro. Alguns estavam cheios de vinho, outros de farinha e outros de grãos. No canto, outro vagão mais escuro cheio de azeite. Na parede oposta, vários utensílios de bronze pendurados ou escorados. Depois retornou à sala com a intenção de observar o restante da casa, mas encontrou Órion sentado e se desfazendo das sandálias. Então disse-lhe, carinhosa:

– Aguarde um instante, meu senhor. Sempre sonhei com este momento.

Após alguns minutos retornou com uma bacia e uma jarra cheia de água morna; preso à cintura, um pano branco. Aproximou-se, terminou de tirar as sandálias do esposo e começou a lavar os pés dele delicadamente. Depois pegou a jarra, derramou a água limpa e enxugou-os logo a seguir. O mesmo fez com as mãos. Órion olhou-a com os olhos úmidos e cheios de amor e não pôde conter-se. Beijou-a longamente, dizendo:

– Como pude suportar tantos anos longe de ti, minha amada. Quantas noites vi o teu rosto próximo a mim. Oh! Como fui egoísta. Agora vejo, pela forma como lavaste os meus pés, o quanto me amas. Os homens romanos não conhecem este ato, nem o merecem. E as mulheres romanas não o praticam, pois não o valorizam.

Suzana mirou-o e disse-lhe:

– Assim farei todos os dias, meu esposo e senhor. Que sentido terão os dias de uma esposa se não agradar ao seu marido?

Órion levantou-se e, como a noite já se fazia, fechou as janelas e perguntou:

– Vês como é sólida nossa casa? Nem o vento nem as tempestades poderão derrubá-la.

– A solidez vem da prudência – disse Suzana – e da prática do bem. Eis a rocha que sustenta um lar.

O AMOR SUPERA A DOR

"A função da dor no contexto evolutivo é impedir a permanência indefinida do estacionamento espiritual e ajustar, cada vez mais, o Espírito aos princípios estabelecidos por leis morais, determinadas por Deus."
Emídio Brasileiro

Muitos dias se passaram. Às vezes Órion ficava vários dias fora da cidade. Para os conhecidos, ele era um comerciante de pedras preciosas.

Naquela semana, porém, fora procurado por um grego misterioso querendo lhe vender uma pedra. Segundo ele, uma pedra muito especial. Marcaram um encontro e Órion, para não levantar suspeitas, aceitou ir aonde o sinistro homem recomendou. Levou boa quantia de dinheiro e em troca recebeu um enorme diamante. Tão brilhante que ofuscou os olhos de Órion, deixando-o meio tonto.

Ao receber a sacola de dinheiro, o homem estremeceu e saiu correndo. Lá adiante voltou-se e disse apenas:

– Cuidado, quem tiver a pedra de Ramud terá riqueza e poder, mas há uma maldição que a acompanha. É a sombra da morte.

Órion olhou-o e disse com desdém:

– Tolices dos ignorantes! – E, maravilhado, pensou ter feito um excelente negócio, comprando algo tão valioso por tão pouco dinheiro.

– Grande Júpiter! Terminarei por tornar-me um rico comerciante de pedras! – E saiu.

Órion guardou a pedra na pequena bolsa que trazia no cinto. Porém, não pôde ver ao longe o vendedor arregalar os olhos de pavor como se tivesse visto a própria figura da morte. O homem misterioso começou então a se contorcer em convulsões ininterruptas. Modificando drasticamente sua feição, tornou-se esbranquiçado. Em poucos minutos, caído ao chão e desacordado, transformou-se em cadáver. Sua pele foi secando, depois seus músculos, por último os ossos e em instantes restava uma figura sinistra de esqueleto em pó, que o vento desmanchou rapidamente. Isso aconteceu com todos aqueles que possuíram a jóia e explica alguns homicídios e desaparecimentos misteriosos que ocorreram em toda a Palestina.[1]

Alguns dias se passaram. Em casa, a amorável esposa passava o tempo meditando e refletindo sobre as palavras de Jesus. Suzana amava Jesus, amava seu esposo e também amava todas as criaturas, cada uma de uma forma. Órion retornava de suas funções romanas em outras cidades e antes que passasse pelos portões trocava-se de vestimenta e voltava a ser o judeu. Chegava sempre entusiasmado e sorridente. Certo dia revelou à jovem esposa:

– A glória de um homem vem das conquistas que passa à sua descendência. Os filhos são a vitória de um homem. Sem filhos não há como ter o nome louvado eternamente.

---

[1] *Tentaremos explicar de forma simples e com palavras atuais a razão de tais acontecimentos. Porém, faltam-nos recursos bibliográficos adiantados que forneçam uma explicação científica para tais fenômenos. Hoje já se tenta provar que o stress desencadeia ou potencializa doenças cardíacas e vasculares, queda da imunidade e envelhecimento precoce. A ansiedade provoca úlceras, a raiva e a mágoa desencadeiam o câncer. Isso pode ocorrer lenta ou rapidamente, dependendo do grau de evolução e de exposição do indivíduo. Da mesma forma, existem espíritos imperfeitos que se ligam a objetos, tais como pedras que apenas na Terra são preciosas, de um modo tal que, quando desencarnam, continuam presos pela ambição e pela idéia de riqueza e poder que a jóia produz. Por fim, para manter-se próximos a ela, associam-se a encarnado de igual desejo. Se conseguem escravizá-lo, ficam dependentes dele, mas também lhe fornecem fluidos capazes de lhe acrescentar forças sinistras, por causa da cobiça, da ambição e do desejo desenfreado de riqueza. O portador da pedra, que enche os olhos de qualquer mortal ambicioso, consegue realizar seus desejos de poder, riqueza e sedução até que se dá conta de que faz parte de uma trama das trevas. Quando isso acontece, percebe que já perdeu seus entes queridos, sua paz, sua saúde, seus amigos verdadeiros e sua felicidade. No entanto, se este encarnado se desfaz da pedra, imediatamente os espíritos o abandonam e, se não recorre à misericórdia divina, eles se vingam, deixando-o sem vitalidade.*

Suzana entendeu aquelas palavras e percebeu que seu marido tencionava ter muitos filhos. Entretanto, uma sensação amarga lhe apertou o coração. Encheu-se de coragem e perguntou:

– Meu senhor, se não puder te dar filhos, tu me amarás menos?

Órion deu um salto e disse ríspido:

– Que os deuses não te ouçam, mulher. Esta tragédia não ocorrerá em minha casa. Prefiro morrer a ter uma mulher estéril.

Uma sombra de tristeza cobriu a face da jovem mulher. A palavra "estéril" caiu como uma gota de fel. Suzana não dormiu naquela noite. Nem sossegou nas noites da quinzena seguinte, enquanto aguardava uma reação de seu frágil organismo. Sua alma não teve mais repouso. Nesses tumultuosos sentimentos, não deixou transparecer vestígio algum ao amado esposo. A sua natureza amoldável sustentava com heroísmo e atravessava com gloriosa coragem as provações da esterilidade, sem questionar seu Deus.

Os feitos do rabi de Nazaré chegavam por todos os lugares. Os que acreditavam se comunicavam de todas as formas e, sempre que acontecia algo novo, todos ficavam sabendo. Na cidade de Naim, a cura do filho de uma viúva deixou todos estupefatos. Certo dia, quando o Mestre esteve na cidade, hospedou-se novamente na casa de Pedro. Foi quando puderam conhecer Maria, sua mãe, que queria falar com Ele. Apesar da idade, Maria apresentava um frescor raro de se encontrar nas mulheres daquela região. De seus olhos emanava uma suave e penetrante bondade.

Poucos compreenderam por que Jesus quis aproveitar aquela oportunidade para falar da sintonia que existe na família espiritual que segue os preceitos divinos e não menospreza os seus parentes, dizendo: Meu pai, minha mãe e meus irmãos são os que fazem a vontade de meu Pai.[2]

A notícia dos prodígios que Jesus operava naquela região se espalhavam rapidamente.

Em todas as colocações que fazia, Jesus era o máximo em perfeição. Nenhuma palavra, sequer uma letra sem um fim útil. E seus discípulos não se envergonhavam de dizer que o amavam.

---

[2] *Mateus, 12:50*

Após despedir a multidão, Jesus foi convidado por um fariseu para jantar em sua casa.

Lá uma mulher pecadora lavou os seus pés com lágrimas e os enxugou com seus cabelos. Depois derramou-lhe perfume. E Jesus lhe perdoou os pecados.[3]

Quando Ele retornou a Cafarnaum, voltou a ensinar à beira do lago de Genesaré. Como um poeta sublime, falava das coisas do Céu e da Terra e atraía todos para si. E outra vez uma grande multidão reuniu-se a Ele. O povo se acotovelava para ouvi-lo e tocá-lo. Foi preciso que entrasse numa barca para continuar a falar, enquanto o povo ficou em terra, de pé, na praia.

Dentre as coisas que ensinava, muitas eram por parábolas, sempre associadas a fatos e situações colhidos da rotina ou da região. Incluía semeadores, comerciantes, pescadores.

Ao cair da tarde, já tendo concluído o ensino, Jesus e seus discípulos passaram para a outra margem do mar da Galiléia. O céu se escurecia e uma tempestade se formava. Tempestade que apavorou os discípulos, mas foi aplacada por Jesus que assombrou-se com a falta de fé daqueles homens.[4]

A multidão maravilhada retornou aos seus lares.

Suzana, enquanto entrava em casa ia retirando o duplo lenço que lhe cobria o rosto, deixando apenas o véu tradicional que lhe cobria os cabelos. Comentava com Hilda os feitos do Rabi e a grandiosidade de suas palavras. Espantou-se e ficou feliz ao encontrar Órion recostado à mesa.

– Que Deus seja louvado – disse carinhosa –, pois te trouxe de volta antes mesmo que eu esperasse.

Foi recebida com um olhar gélido, porém continuou animada e começou a lhe contar o que se passara. Entretanto, ele afastou-se derrubando a mesa para trás. Ordenou que Hilda se retirasse e caluniou:

– Mulher adúltera, mereces o apedrejamento tal qual as prostitu-

[3] *Lucas, 7:36*
[4] *Lucas, 8:22-25*

tas, pois é isto que és. Não bastou ter que te tirar das mãos de um louco e te expões novamente a todo tipo de risco.

– Mas... eu... estou sempre acompanhada por Hilda... apenas ouço Jesus a distância... – tentou argumentar, não entendendo aquele comportamento diferente e inesperado. Porém, calou-se.

Ele redargüiu agressivo:

– Cala-te! Insolente. Sei que na minha ausência percorres as ruas atrás dos pescadores ouvindo as sandices do filho do marceneiro. Coloca-te no teu lugar, judia indolente.

Suzana recebia as injúrias em silêncio humílimo, como toda esposa israelita deveria fazer em seu tempo. Porém, as ofensas referentes ao jovem galileu a fizeram argumentar com veemência:

– Rogo-te perdão, meu senhor, por ter me ausentado de casa sem tua permissão. Porém, tuas palavras não são justas. Posso assegurar que há verdade em tudo o que ouvi de Jesus, bem como a multidão que o cerca todos os dias nas cidades por onde passa e nos lugares onde prega. Digo, porém, que nem todos podem suportar a verdade que sai de sua boca. Verdades que vêm de Deus. Ele diz que as verdades são recebidas por uns e, como as sementes jogadas à beira do caminho, são comidas pelas aves ou são pisadas. Também o seu ensino chega a eles, mas o mal os retira com facilidade, impedindo-os de melhorarem. Também a verdade é recebida por outros, como a semente que cai em lugares pedregosos ou de pouca terra, não formando raiz. Por isso logo seca, da mesma forma o seu ensino não encontra constância em seus corações e, na primeira tribulação ou dificuldade por causa da verdade celeste, logo voltam atrás. Igualmente, a verdade é como outras sementes que, depois de brotar, secaram por falta de umidade. Outra parte das sementes caiu entre espinhos e os espinhos cresceram com elas e as sufocaram. Por isso não deram frutos. As preocupações com a riqueza, a cobiça e a busca de poder não deixam que a verdade dê seus frutos. Mas há os que recebem a verdade como a terra boa e essa logo frutifica a semente e multiplica muitas vezes. Assim o seu ensino é acolhido e à custa de perseverança se multiplica em virtudes incontáveis.[5]

---

[5] *Lucas, 8:4-15*

– Que tenho eu com este nazareno, mulher? – disse Órion sem disfarçar o ciúme arrogante. – Como ousas tentar me persuadir com tais palavras?

Suzana acrescentou bondosa e cheia de compaixão para com aquele coração empedernido:

– Deus permita que um dia nos tornemos uma terra fértil para esta poderosa semente.

Um fluxo de sangue subiu às faces de Órion e, à vista da atitude paciente da esposa, interpretada por ele como teimosia, resolveu tomar atitudes mais drásticas a fim de modificá-la através do sofrimento.

– És uma mulher casada e tens um lar para cuidar – falou ríspido. – Não tenho confiança em ti. Se te falta o que fazer, vou imediatamente dispensar todos os servos e servas que coloquei a teu dispor. Se preferes viver como os miseráveis, então serás a serva de tua própria casa...

Um silêncio eloqüente se fez nos olhos de Suzana que não pôde conter-se e redargüiu:

– Não me importo e agradeço a oportunidade de ser a serva de minha própria casa. Contudo, não posso admitir injustiças, pois os que chamas de miseráveis são incontáveis vezes melhores que todos os romanos reunidos. Jesus não pronuncia um "a" que não seja uma lição de vida. Ele é o Messias que esperávamos. O Redentor do mundo. Ele cura os enfermos, liberta os possessos, prega perdão e amor aos inimigos. Tudo o que Ele diz e faz são verdades que todo ser humano de bom senso acata como modelo de vida para não se perder nos descaminhos do egoísmo, do orgulho e da tola vaidade.

– Por Júpiter! – respondeu com os olhos flamejantes. – Estás louca e te ordeno que não ponhas sequer o nariz fora da porta para que não me envergonhes diante dos meus. Se desobedeceres... saberás quem eu sou – esbravejou esmurrando a mesa, quase quebrando-a.

Suzana preferiu não dizer nada, pois ele estava fora de si e não tinha juízo normal para dialogar. Entrou para o quarto a fim de evitar novos confrontos e orou fervorosamente, rogando sabedoria e paciência.

AMBIÇÕES CEGAS

"O pior de todos os defeitos é o egoísmo,
que impede o reconhecimento das próprias falhas
e as limitações intelecto-morais."
Emídio Brasileiro

No dia seguinte, antes que o sol desse o seu fulgor, um mensageiro bateu à porta. O rapaz trazia um bilhete endereçado ao comerciante de jóias. Uma letra feminina dizia: *"A jóia que possuis em teu poder me interessa. Ofereço o dobro do que pagaste se me procurares o quanto antes em Jerusalém. Na próxima lua nova estarei aguardando-te na hospedaria em que costumas ficar".*

Abaixo vinha assinado: *"Dançarina do fogo"*

Uma estranha sensação tomou conta de Órion e um frio subiu-lhe às costas, mas a ambição o fez silenciar até o dia seguinte, quando retornou para Jerusalém.

Órion, escravo do adultério, algumas vezes levara mulheres àquela hospedaria, já que, estando em Jerusalém ficava a maior parte do tempo no Pretório. Pagava bem pelo silêncio de seus cúmplices. Entrou pela porta aberta e foi ter com um ancião de barba branca e roupas berrantes que o atendeu solícito:

– Ao seu dispor, senhor! Queres um quarto para passar a noite?

Órion respondeu olhando para todos os lados:

– Não. Marquei com uma pessoa neste lugar e, se não for incômodo, gostaria de aguardá-la.

O homem olhou-o e com um gesto grotesco e sem constrangimento falou:

– Entendo! A estrangeira que chegou há pouco também está aguardando um homem no andar de cima e deve ser o senhor. Queira me acompanhar.

Subiram uma velha escadaria, chegando a um corredor cheio de portas de ambos os lados. Ao último degrau o pobre velho estava ofegante e quase sem respiração, mas encontrou fôlego para dizer:

– Na última porta à direita. – E resmungou: – Quase não utilizo os quartos de cima desta velha casa.

Órion abriu a porta e se deparou com um escravo negro, alto, forte e carrancudo. No fundo do quarto estava uma mulher ricamente vestida de vermelho vivo. Um perfume inebriante invadia o quarto. A mulher virou-se e Órion pasmou-se com a beleza misteriosa da sedutora mulher. Com voz sensual e rouca ela falou em bom latim:

– Trouxeste o que pedi?

Órion despertou-se da quase hipnose e falou:

– Sim, está comigo a pedra que tanto almejas, já que ofereceste tanto dinheiro por ela. Mas, antes dize o teu nome.

– A jóia! – falou a mulher quase estremecendo e acenando ao escravo que desse um passo a frente.

Órion deu um passo para trás e retirando o diamante da bolsa disse:

– Aqui está. Antes, o dinheiro.

A mulher ordenou ao escravo que lhe entregasse a bolsa, que estava cheia de moedas de ouro. Órion abriu-a e, vendo a grande quantia, entregou a jóia à mulher que a agarrou com as duas mãos. E, segurando-a ao peito, suspirou e disse-lhe ao ouvido:

– Meu nome é tão quente que pode queimar quem o ouve. – Voltando-se para o escravo falou em tom de mando: – Já tenho o que quero. Finalmente, depois de tantos anos, agora o poder é meu. Tire este homem daqui.

– Hein! – Órion estranhou aquelas últimas palavras "o poder é meu". E pensou: "Se esta pedra tem tanto valor, não devo me separar dela por dinheiro algum". E saltando sobre a mulher, arrancou-lhe das mãos a pedra jogando a pesada bolsa de dinheiro no nariz do gigantesco escravo. Saiu apressado, deixando para trás a mulher com ódio no olhar e dizendo furiosa:

– Grande Zeus, estive tão próxima! – E fechando o punho, cerrou os lábios e disse entre dentes: – Mas ele não me escapa!

Órion chegou em casa ofegante e revivendo em seus pensamentos a figura daquela mulher misteriosa. Olhou novamente a pedra e mostrou-a a Suzana que não tinha conhecimento do passado que acompanhava a jóia. No entanto, dotada de extrema sensibilidade, sentiu um torpor ao tocá-la e disse com temor:

– Não te demores com este diamante. Vende-o e serás mais feliz.

Órion afastou-se e guardando a pedra, exclamou:

– Vendê-la? Nunca! Acabo de chegar de uma entrevista e ao que me parece esta pedra tem poderes mágicos de tornar o dono rico e poderoso.

Suzana estremeceu e seguindo sua intuição tentou mais uma vez persuadir o esposo:

– Não compreendes, meu senhor, que há algo de estranho no brilho desta pedra? A riqueza e o poder da Terra só trazem infelicidade aos que os buscam. Há feitiço nesta jóia!

Ele mudou o semblante e, perturbado e irado, falou:

– Feitiço? – e gargalhou sinistramente. – Feiticeiro tu sabes quem é. É o tal Jesus, que usa poderes inexplicáveis.

Suzana fez um silêncio eloqüente e mirou-o com um olhar de misericórdia. Deu-lhe as costas e saiu.

Mas ele foi atrás quebrando tudo o que via pela frente, feito fera endemoniada. Agarrou-a pelo braço e quase quebrando-o disse:

– A próxima vez que fores atrás desse feiticeiro, sentirás o gelo da minha espada em tua garganta. Entendeste?!

E soltou-a com um safanão.

A jovem mulher ainda não havia experimentado tal sentimento e não sabia como reagir diante da ameaça, principalmente vindo de quem amava. Trêmula, não teve forças compatíveis para a reação. Deixou-se cair no chão, aos prantos.

Seu braço ainda doía quando o viu se dirigir ao local onde guardava suas roupas e sandálias. Como um furacão, lançou dezenas de vestidos ao chão e, antes que o pudesse impedir, ele os rasgou em mil pedaços, dizendo:

– Se queres andar com mendigos, andarás como uma!

Diante daquela cena apavorante aos olhos de qualquer mortal, angariou forças para responder:

– Jesus nos ensinou que os verdadeiros tesouros são os do Céu, pois que não se perdem, nem podem ser roubados. É para eles que os nossos corações devem se voltar, pois que a alma vale muito mais que o corpo. Não devemos buscar as riquezas da Terra. Deus nos dará o necessário como faz com toda a Natureza. Por isso, não me preocupo com o que haverei de vestir ou de comer. Para um corpo, basta uma túnica.[1]

– Pois bem – respondeu ele indo em sua direção –, sequer isto terás!

Na defensiva, Suzana pegou um vaso que estava próximo ao leito e armou-se gritando:

– Por Deus, não me toques ou terei que perder minha alma para me defender! Deixa-me, se não me amas.

Ele calou-se e saiu batendo a porta.

Hilda, que a tudo escutava de longe, aguardou a saída do seu senhor e, trazendo um copo com água para acalmar Suzana, ouviu:

– Dize, Hilda. Quem é este homem com quem me casei? Será a mesma pessoa, o amável protetor e amigo ou um perigoso algoz possessivo? Em que o rigoroso exército romano transformou meu meigo Órion.

Hilda olhou-a e recitou, emocionada, as palavras de Jesus:

"Bem-aventurados os aflitos, porque serão consolados. Bem-aventurados os que têm sede de justiça, porque serão saciados.

Bem-aventurados os humildes, porque a eles pertence o Reino de Deus. Bem-aventurados os perseguidos por causa da justiça, porque deles é o Reino dos Céus.

Bem-aventurados os pacificadores, porque serão chamados filhos de Deus.

[1] *Mateus, 6: 25-34*

Bem-aventurados os puros de coração, porque verão a Deus.

Bem-aventurados os mansos, pacíficos, e misericordiosos porque herdarão a Terra e alcançarão misericórdia.

Bem-aventurados sereis quando vos injuriarem, vos perseguirem e caluniarem, dizendo todo tipo de mentira contra vós por minha causa.

Alegrai-vos e exultai, porque é grande vossa recompensa nos Céus, pois assim perseguiram aos profetas que vieram antes de vós."[2]

Suzana silenciou por alguns instantes ante aquelas palavras reconfortantes, mudou o semblante e falou:

– Deus levou minha mãe, mas me deixou um anjo do céu. És tu, Hilda, que me consolas em minhas horas de aflição. – E cobrindo o rosto com as mãos clamou: – Mas, ai de mim. Minha vida está entregue aos juízes. Oh! Estou condenada pela cumplicidade com a mentira e a falsidade. Oh! Deus de Abraão, Isaac e Jacó, por que permitiste que meu coração se prendesse a tão estranho varão.

Hilda abraçou-a, mas logo a soltou, pois ouviu passos conhecidos dentro da casa.

– Enxuga as lágrimas! Teu marido está de volta.

Após alguns minutos, Órion entrou com expressão suave no rosto. Aproximou-se da jovem esposa e segurou-lhe as mãos, murmurando:

– Perdoa-me! Não sei o que se passa comigo. Só tenho a ti. Não me abandones um minuto sequer. Haverei de transpor a barreira que existe entre nós. És bondosa, eu, porém... apenas te amo. – E secando uma lágrima que corria na face de Suzana, completou: – Isso nunca mais irá acontecer.

Ela olhou bem em seus olhos e, reconhecendo traços do menino meigo que conheceu na infância, falou com serena paixão:

– Quisera poder ver sempre esse olhar, que Jesus chama de "lâmpada do corpo, pois quando o olho está são, todo o corpo fica luminoso, mas quando está doente, todo o corpo fica na escuridão". Ele diz: "Vós sois a luz do mundo. Assim brilhe a vossa luz diante dos homens, para que eles vejam vossas boas obras e glorifiquem vosso Pai que está nos céus".[3]

---

[2] *Mateus, 5:1-12*

[3] *Lucas, 11:33-36*

Órion levantou-se e, passando as mãos aos cabelos de forma impaciente, disse:

– Esse profeta parece bom. No entanto, já existem leis demais para confundir esse pobre povo e agora vem um para reescrever tudo outra vez!

– Não, meu querido, Ele veio completar a Lei para que possamos praticá-la em sua totalidade e perfeição, com uma justiça que vai além das convenções dos escribas e fariseus.

Órion beijou-lhe a face e disse:

– Em todos os lugares que passei, de todas as mulheres que conheci, brancas, negras, livres ou escravas, nenhuma se iguala a ti, minha doce e crédula Suzana.

E recolhendo os trapos que sobraram das roupas que rasgou, disse com remorso:

– Amanhã terás roupas novas.

Suzana beijou-lhe a palma da mão esquerda e falou carinhosa:

– Enquanto o vinho novo não tiver fermentado bastante, ele permanece turvo e a luz não o atravessa. O mesmo se dá com o homem. Enquanto não expelir as impurezas de sua alma, a luz dos céus não poderá transpassar seu ser.

TREINANDO O AMOR

"A boa mensagem é melhor sentida e interiorizada, quando advém dos lábios ou da autoria de quem a pratica."
Emídio Brasileiro

Os dias se passaram e, para evitar aborrecimentos, Suzana se manteve em casa. Quando Jesus estivesse nas proximidades da cidade, aproveitaria para comprar algo que estivesse faltando em casa. Assim, poderia justificar ao esposo a demora. Apenas em casa de Miriam e Judá sentia-se livre.

Miriam, sempre prestativa, relatava-lhe tudo o que se passava com o jovem galileu em outras paragens. Muitas vezes choravam juntas ao refletirem sobre seus ensinos.

Suzana guardava para si os acontecimentos em sua casa, mas às vezes se perdia em pensamentos longínquos e solitários. Em seu íntimo, a razão dizia que a mudança brusca do comportamento de Órion talvez fosse porque queria ter muitos filhos. Mas parece que Deus não lhe concedeu essa graça e certamente não era capaz de gerar uma vida. Quando criança, ouvira da boca de Simeão: "Pobre da mulher que não puder conceber: ela se tornará escrava do marido e este um tirano senhor. Em toda a minha vida, estas barbas brancas presenciaram raras exceções".

A possibilidade de não ter filhos deixou Suzana extremamente abatida e os dias de sua vida tornavam-se cada vez mais entediantes. Para piorar, seu marido cumpriu a promessa e despediu todas as servas para que ela fizesse o serviço de casa, a fim de ocupar seu tempo e não sofrer pela falta de uma criança. Deixou apenas dois servos para vigiar a casa e fazer o serviço pesado. Hilda rebelou-se e, para não perder a vida de forma misteriosa no meio da noite, foi para a casa de Miriam.

Não que Suzana repudiasse o acúmulo dos sagrados deveres domésticos, mas nunca em sua vida tocou em uma vassoura, porque sempre havia alguém para esse trabalho. Resignada, orava enquanto lavava roupas e arrumava a casa. A princípio, achou interessante a rotina de levantar todos os dias e religiosamente pegar a farinha, misturar ao azeite e fazer seu próprio pão. Em seu íntimo, dizia a si mesma, enquanto esperava a massa tomar consistência:

– Senhor, molda minha alma à tua lei como dou forma a esta massa. Que a minha fé se multiplique, tal qual o pão.

Igualmente, conversava com Deus enquanto limpava e lavava:

– Senhor, da mesma forma que esta água limpa a sujeira, purifica também minha alma das imperfeições...

Agradecia pelas oportunidades de aprendizado em ofício tão nobre e importante e tão esquecido. Agradecia também a chance de estar em igualdade com os irmãos escravos que fazem tais serviços por obrigação, tornando-o um enfado cheio de ódio.

A cada dia, Órion se tornava mais frio e distante. Às vezes passava muitos dias fora de casa. Já não podia sentir a lucidez de suas atitudes, pois sempre chegava altas horas da noite cheirando a vinho misturado, ingerido provavelmente em companhia de alguma meretriz.

Suas raras alegrias eram as visitas de Miriam que percebia sua mal disfarçada tristeza. E quando perguntava como estavam vivendo, a jovem e resignada esposa sempre dizia com um sorriso:

– Poderia haver na face da Terra mulher mais venturosa do que eu? Tenho o melhor marido do mundo. Ele é tudo o que uma filha de Deus poderia desejar.

Ela sempre trazia notícias das maravilhas que o Mestre continuava operando. Sua alma se enchia de alegria ao saber que Jesus estaria outra vez em Cafarnaum.

Naquele dia, Órion saiu antes que amanhecesse, rumo a Jerusalém, preocupado em manter-se como Otávio e Órion, sem levantar suspeitas. Isso estava conseguindo sem dificuldades, já que contava com a ajuda de soldados amigos e fiéis. Dentre eles Március, que dizia enquanto cavalgavam:

– Em Jerusalém, o próprio governador há dias está preocupado com o desaparecimento misterioso de alguns homens. Alguns deles simples comerciantes, como já te falei. Mas o que há de novo são as informações que tenho recebido e que demonstram bastante coincidência entre as vidas desses homens. Segundo suas viúvas, todos foram, por algum tempo, proprietários de uma certa jóia preciosa. Depois ficaram ricos misteriosamente e desapareceram.

Órion estranhou, mas guardou silêncio, e disse:

– Ora! Esses homens foram vítimas de ladrões ou então fugiram com o dinheiro que ganharam.

Március redargüiu encabulado:

– Roubo ou fuga... tenho terríveis impressões sobre esse caso.

– São tolos – disse Órion – que não sabem administrar a riqueza que ganham.

– Mudemos o assunto – falou Március com entusiasmo, apertando a mão do companheiro. – Parabenizo-te pelo sucesso. Alcançaste o que querias: as centúrias.

Órion estufou o peito e disse com orgulho:

– Isto é apenas o começo. Em pouco tempo terei sob meu comando incontáveis legiões.

Március perguntou:

– Por Júpiter! Como tens tanta certeza?

Órion segurou discretamente com a mão esquerda a bolsa que continha a pedra de Ramud, na certeza de que a lenda se cumpria, dando-lhe poder e riqueza. E disse com ar de mistério:

– Os deuses estão me dizendo.

Riram entre si, e Március suspirou, falando com certa emoção:

– Terás por pouco tempo a minha companhia, meu amigo. O mar é o meu lugar, assim como foi o de meu pai.

– Que dizes? – perguntou Órion espantado. Apenas eu terei que terminar os meus dias nesta terra fétida e cheia de fanáticos? Ora, pois digo que não falta muito tempo para que também o meu sonho seja realizado. Mas se é para tua felicidade, meu amigo, que os deuses te protejam nas infernais galeras.

Nas três semanas seguintes, em Cafarnaum, Suzana, cobrindo o rosto, alcançou a rua e seguiu a multidão a fim de ver Jesus. Mas algo inusitado aconteceu. Enquanto o Rabi caminhava para a casa de Jairo, a multidão o comprimia de todos os lados tentando tocá-lo. E, de forma maravilhosa, curou Berenice, uma mulher que há doze anos sofria de uma hemorragia. Ela tocou apenas na orla do manto de Jesus e por causa de sua fé ficou curada pela imensa virtude que emanou do Cristo.[1]

Dali, Jesus partiu para a casa de Jairo, onde curou a menina que todos pensaram estar morta, mas segundo Jesus, ela apenas dormia.[2]

Suzana correu para casa a fim de não ser vista por nenhum dos comparsas de seu marido, já que ele sempre descobria quando ela saía e para onde ia. Mas foi em vão. Quando entrava correndo em casa, Órion havia chegado. Lentamente retirou o turbante que trazia à cabeça e desatou a bolsa, da qual nunca se separava, pois ali guardava o raro diamante.

Suzana trouxe a bacia com água e começou a lavar os pés do marido.

Ele perguntou:

– Onde estavas e por que estavas correndo? Por acaso és alguma fugitiva?!

Ela achou melhor inventar uma desculpa, pois ele não iria gostar de saber que foi ver um Santo de Deus que, para ele, era obstinadamente outro homem. E trêmula disse:

– Perdão, meu marido, fui ver Miriam e me atrasei. Por isso corri...

Antes que ela pudesse se defender, ele violentamente chutou a bacia com água. Quando Suzana se pôs de pé espantada, ele estalou-lhe uma bofetada no rosto.

---

[1] *Mateus, 5:25-34*

[2] *Lucas, 8:49-56*

Pressionando-a pelo pescoço contra a parede, disse por entre dentes, em voz baixa:

– Acabo de passar por lá e soube que não tens ido àquela casa nestes dois dias. Mentes descaradamente para teu marido, mulher?

Diante de tais argumentos, ela preferiu falar a verdade em tom audaz:

– Não tenho segredos para ti, nem para quem quer que seja. O que faço não é vergonhoso, nem contra a lei. Não temo as suposições do mundo, nem receio tuas represálias. Tudo o que faço pode ser feito em público, abertamente. No entanto, o que meu marido faz com outras mulheres não sei se pode...

Antes que terminasse, Órion estalou-lhe na face outro bofetão, jogando-a dois passos para o lado. E saiu batendo a porta, ficando uma semana fora de casa.

Suzana, sentindo o ardor no rosto, deixou-se cair de joelhos nos travesseiros. Ante a dor física e moral, encostou a testa no chão e segurando as lágrimas rogou:

– Deus de Israel! Ouve o meu clamor. Aprendi com Jesus que não devo resistir ao homem perverso. Se apanhar na face direita devo oferecer a esquerda; se me processar por causa de uma túnica, que eu dê também a capa; se me forçar a andar mil passos, que eu vá o dobro; e que eu dê a quem me pede sem esperar devolução...

E levantando o rosto banhado em lágrimas, olhou para o alto e continuou:

– Mestre e amigo Jesus, escuta-me onde estiveres. Quero que saibas que estou fazendo aos outros tudo aquilo que quero que me façam. Mas como é árduo e penoso esperar! Como me é difícil trocar a face da revolta pela face do perdão!

Colando novamente a testa ao solo, clamou:

– Não vejas as feições de tua serva, meu Pai. Não sou digna! Meu amor obscuro envergonha a tua Criação.

DOIS HOMENS EM UM

"O homem justo é invencível, ainda que derrotado nas aparências."
Emídio Brasileiro

Na semana seguinte, quando Órion havia retornado e ela já recuperava as forças físicas e morais, teve ânimo para preparar uma refeição diferente a fim de cumprir com seus deveres de esposa devotada. Aventurou-se no preparo de um delicioso peixe, que certa vez viu Miriam preparar com azeite, temperado com hortelã e outros condimentos. Não lhe pareceu complicado.

Após horas de muito trabalho, conseguiu prepará-lo. Forrou a mesa com uma toalha de linho branquíssimo e colocou alguns pães e flores. Como se nada houvesse ocorrido, ele chegou animado e falante. Elogiou a mesa e foi se banhar.

Suzana sentiu o cheiro do peixe ainda meio cru e teve um ligeiro enjôo.

Quando ele retornou, recostou-se à mesa em silêncio e, para puxar assunto, comentou prestativa:

– Este peixe me fez sentir um leve enjôo. Deve ser este tipo de náusea que as mulheres grávidas sentem. Será que estou esperando um filho teu?

Ele pegou o pão, rasgou um pedaço e tocou-o no sal. Após alguns minutos, perguntou ríspido:

– Como vou saber se é meu?

Suzana corou intensamente e, como se houvesse recebido uma punhalada na alma e o chão abrisse sob seus pés, engoliu em silêncio toda a torrente de lágrimas que lhe inundaram a face esfogueada. Calou-se e angariando forças começou a servi-lo. De repente, ele soltou uma pilhéria friamente:

– Passamos por Nazaré e vimos o desconsolo do tal Jesus.

Curiosa ela perguntou:

– Como, desconsolo?

– É. Ele tentou enrolar o povo da sua própria cidade e não conseguiu. Eles não quiseram nem saber das suas feitiçarias... expulsaram-no de lá.

– Povo sem fé – redargüiu Suzana penalizada. – Perderam uma grande chance de ter seus enfermos curados e principalmente ouvir palavras cheias de verdades celestiais.

Ele nada respondeu e começou a comer o peixe. No entanto, diante dos seus olhos, com um único e violento golpe de mão puxou o pano que cobria a mesa, deixando tudo se espatifar ao chão.

– Se o amas, vai te juntar a ele!

Em desespero, ao ver tudo espalhado e quebrado, ela perguntou:

– Por que fizeste isso? Eu não disse nada que pudesse ofendê-lo.

E juntando o alimento caído, continuou:

– Ah! Depois de tanto trabalho.

– Imprestável – respondeu irado. – Mal sabes fazer um peixe. Quem em sã consciência se esquece de colocar sal em um peixe? Somente quem passa o dia pensando em outro homem.

Suzana colocou a mão na testa e desesperada falou:

– Perdão, Órion. Diante de tantos temperos, esqueci-me do principal... o sal. Fica em paz comigo e te prepararei outro com igual capricho e sem esquecer o sal. E pensou: "Sim, o 'sal da Terra', que somos todos nós".

Limpou tudo em silêncio. Em poucas horas preparou outro peixe duplamente enfeitado e não esqueceu o sal. Isso o deixou desconcertado.

À mesa, após a refeição ele desabafou:

– Eu sou mesmo um estúpido – falou cobrindo a cabeça com as mãos espalmadas. – Perdoa-me. Eu juro que nunca mais isso acontecerá...

Ela disse ao abraçá-lo:

– Não jures, meu senhor. O que for além do não e do sim, é ilusão e conduz ao mal.

Já calmo, ele redargüiu com os olhos quase úmidos:

– É que esse Jesus de quem falas altera meus nervos. O ciúme corrói minha alma. Eu realmente o vi em Nazaré e, por alguns instantes, seus olhos se fixaram nos meus. E eu não tive forças para me livrar daquele olhar. Ele nada disse. Eu também nada pronunciei. Há algo diferente naquele olhar que não sei explicar! Existe algo de muito estranho e raro com Ele. Não consigo odiá-lo, mas não posso adorá-lo como tu o tens adorado. Ele consegue abalar o humor dos governantes e isso sempre preocupa um soldado, pois tem-se a impressão de que a qualquer hora pode surgir uma rebelião e começar outra guerra. Então, como sempre acontece, milhares de pessoas morrerão.

– Oh! Meu amado Órion –, disse Suzana, acariciando-lhe os cabelos. – Não haverá nenhuma rebelião.

– Mas é isso que me intriga. Esse Jesus não se rebela, nem desaparece. Ele está ali, como uma ameaça pairando no ar, uma nuvem anunciando tempestade sem nunca desabar em temporal, mas todos pressentem que o temporal acontecerá a qualquer momento. Isso me enlouquece.

Suzana segurou o rosto do esposo próximo ao seu e, olhando-o profundamente nos olhos, falou:

– Realmente o viste. Devias também tê-lo ouvido. Nele tu podes confiar. Não o temas, abre teu coração, deixa-o entrar e verás que tudo é pequeno e frágil diante de tamanha supremacia. Nada mais importa neste mundo, pois a alma é imortal. É invisível, mas é real. Todos os profetas anunciaram a sua vinda e Ele é o Messias esperado para salvar o povo de Deus das mãos dos inimigos... e lhes dar um novo reino: o dos Céus.

Órion deu um salto para trás e bradou:

– Que inimigos? Então há realmente uma estratégia para combater os romanos que conquistaram essa terra de ninguém?

– Não é desse tipo de inimigo que Ele fala – disse com paciência. – A principal luta a ser travada pelo povo de Israel é a mesma que todos os povos devem travar. É a luta contra um inimigo interno: as próprias fraquezas. São os pecados que escravizam e isso independe de ser judeu, galileu, samaritano, egípcio, grego ou romano.

Órion, desconfiado, questionou:

– Que tipo de reino o povo espera?

– Ora, o Reino dos Céus! – respondeu Suzana com veemência.

– Pensam que os céus descerão à Terra! – replicou. – Que raio de reino é esse?

– Um reino onde os humildes são exaltados e os orgulhosos são humilhados.

Mas Órion disse,quase compreensivo:

– Sem dúvida, esse Jesus é um revolucionário e isso não é bom para Roma, nem para o povo de Israel.

– Meu querido, Jesus não busca uma revolução política, mas social. Uma revolução que afete profundamente as raízes desse povo que anseia por um Messias vestido com armaduras e na bainha uma espada de fogo capaz de eliminar em segundos todos os inimigos de Israel. Mas o Mestre, apesar de ter poderes para isso, faz exatamente o contrário.

Órion levantou-se bruscamente e disse:

– Ainda assim, mesmo vestido como judeu, preciso ficar atento como romano...

– Tu nasceste judeu – disse Suzana. – Negas a ti mesmo...

Órion, em sua maneira de agir, modificava-se radicalmente de um instante para outro. Oscilava entre romântico e delicado para um tirano violento e implacável. Quando Suzana lançava-lhe ao rosto um argumento infalível, sua reação era invariavelmente a agressão e posterior fuga. Às vezes ficava dias fora. Então ele chegava com flores e outro semblante e pedia perdão, dizendo:

– Juro que nunca mais acontecerá.

Para Miriam, nas raras visitas que fazia a sua casa, Suzana vivia sofrendo pequenos acidentes domésticos para justificar os hematomas, fruto da violência de Órion. Pensar em Jesus era o seu resignado consolo, o bálsamo para as chagas de sua alma ansiosa.

Certa vez em casa de Judá, Suzana aproveitou que estava a sós com Miriam e lhe perguntou com cuidado:

– Como te sentes diante de Judá, sendo uma mulher estéril?

Miriam respondeu com espanto:

– Eu não sou estéril, filha! – E aproximando-se sussurrou: – Eu te revelarei um segredo: eu e Judá vivemos como irmãos.

– Como pode ser? – replicou Suzana. – Explique melhor.

– Ele tem problemas masculinos desde a infância – falou Miriam com docilidade –, mas nosso amor superou tudo desde o princípio.

– Compreendo – falou com melancolia. – Rogo que não me desconsideres por ser tão intransigente. Mas às vezes penso que algumas vidas não merecem a bênção de Deus e deveriam ser extirpadas para sempre da face da Terra.

– Perdoe-me filha – disse Miriam –, mas eu não compreendi.

Suzana levantou-se e cruzando as mãos ao peito falou com tristeza:

– Não tenho sido muito útil a Deus. Por isso minha vida não tem muito valor. Talvez este corpo, estando morto, fosse mais útil servindo de alimento às raízes das plantas.

Miriam a abraçou e falou carinhosa:

– Estranho tuas atitudes, filha. Tens sido tão forte e destemida! Meus olhos não vêem, nem meus ouvidos escutam o que se passa contigo, mas meu coração percebe nitidamente. Tu, mais que ninguém, aprendes rápido e pões em prática o que ouves do Mestre da Galiléia em suas paragens por esta região. Porém, esqueces que quem por causa dele perder a vida a reencontrará e quem quiser conservar a sua vida a perderá?

As duas se abraçaram e naquele dia conversaram muito sobre vida e morte.

No dia seguinte, Sicar, o caravaneiro, trouxe a notícia da morte de João, o que batizava. Também relatou a todos os prodígios de Jesus referentes à multiplicação de pães e peixes e suas inúmeras curas.[1]

---

[1] *Mateus, 14:1-21*

Antes de se despedir, Sicar comentou com tristeza:

– Para o povo, Jesus seria um excelente rei, pois garantiria o fornecimento de pães e peixes em abundância, sem qualquer trabalho. Semelhante a Moisés, que alimentou os israelitas no deserto, anos a fio, com o maná caído do céu todas as manhãs.

Despediram-se.

TRISTES DESCOBERTAS

"Todo homem sincero e corajoso em suas convicções
é um homem crédulo e portador de muita fé."
Emídio Brasileiro

Judá se enriquecia a cada dia com a venda de madeira. E Suzana percebeu que Órion sempre passava por ali, antes de chegar em casa. Isso, a princípio, deixou Suzana feliz, mas logo ficou perturbada. Vários pedidos chegavam e quando ela comentava o assunto com Órion, ele desconversava. Da mesma forma agiam Judá e Miriam..

Descobrindo, certo dia, a forma como eram cortadas as toras, algo fulminou seu coração. Sem querer, descobriu que não eram tábuas comuns, mas dois madeiros com uma haste maior outra menor, talhados para um atravessar o outro. E ficavam dispostas e empilhadas de modo que ninguém percebesse.

Seu corpo se tornou gélido e gritou ao encaixar uma à outra:

– Pelo Deus de Israel! São cruzes!

Mal pôde sustentar-se nas próprias pernas e, chamando Hilda, perguntou-lhe do que se tratava. Ela confirmou:

– Sim, são cruzes.

Suzana lamentou profundamente dizendo:

– Meu Deus! O instrumento de suplício preferido pelos romanos.

Que haja perdão e misericórdia para esta casa, pois estamos todos condenados! Que decepção! Judá não poderia aceitar isso!

– Interrogue-o antes, minha senhora – disse Hilda.

Suzana pensou um pouco e aproximou-se do ancião que estava no canto da marcenaria, ensurdecido pelas marteladas que dava na madeira.

– Judá, não convém que uma mulher questione as atitudes de um homem, mas, assim como me tomaste por filha, também tomei o senhor por pai. Rogo-te, por amor a esta casa, uma resposta.

– Ouço-te com atenção, filha – disse Judá enquanto dava uma última martelada num prego que sustentava uma escada.

– Acompanha-me e vê – falou apontando para a cruz formada no chão.

Judá, percebendo que não poderia mais esconder, baixou os olhos. Suzana perguntou:

– Como o senhor pode fazer isso? Colaboras com as atrocidades dos herodianos no martírio do nosso povo?

Cabisbaixo ele respondeu:

– A vida está muito difícil, minha filha. Precisamos sobreviver.

Esforçando-se para não desrespeitar o ancião, respirou e tomou coragem. E antes que fosse tarde, disse em tom filial:

– Judá, meu pai, perdão. Por que buscas a perdição? Como tantos que buscam a porta espaçosa encontram sofrimento! Agora compreendo as palavras de Jesus quando disse: "A porta que conduz à Vida é estreita e são poucos os que conseguem passar. Por isso os últimos serão os primeiros e os primeiros serão os últimos".[1]

O ancião permaneceu em silêncio. Então, Miriam aproximou-se e abraçando-o respondeu por ele:

– Não o tortures mais, filha querida. Ele assim agiu para te proteger. Órion propôs-lhe um acordo para que não vivesses desgraçada pelo resto da vida, depois de desonrada por um estranho. Ele teria uma porcentagem na venda das cruzes pré-montadas por nós e salvaria sua honra, casando-se contigo.

[1] *Mateus, 19:30*

Suzana quase tombou para trás de susto.

– Que absurdo! – apelou. – Nada me aconteceu naquele dia, pois ele próprio me livrou das mãos do salteador antes que o pior acontecesse! Nada sofri além de arranhões! Que miserável, chantagista, mentiroso... romano!

Miriam aproximou-se, temendo que a situação piorasse e falou:

– Sentimos muito filha, pensamos que...

– Não tens culpa – falou Suzana em tom mais calmo, diante de almas tão frágeis. – Pensarei em algo para livrá-los deste terrível encargo.

Ansiosa, aguardou a chegada de Órion. Esperou que se recuperasse do cansaço diário e, expondo suas conclusões, finalizou pedindo uma carta de divórcio.

Sua reação foi a esperada:

– És mesmo estúpida, ingênua e imbecil – ironizou. – Foste enganada. Acreditas mais nesses estranhos que em mim. Achas que qualquer um desses galileus lapidaria cruzes, se não fosse por espontânea vontade. Estejas certa de que prefeririam morrer a colaborar com um romano... A partir de hoje estás proibida de freqüentar a casa desses hipócritas sem honra!

Suzana, tentando manter-se em equilíbrio, perguntou:

– Honra! Honradez! De que falas? O que sabes sobre honra?

Ele mudou o semblante e, aproximando-se falou, enérgico:

– Não importa o que digas ou o que pensas. O que importa é o que eu ordeno e deves obediência a teu marido. O teu pensamento nesta casa não tem valor.

Ela aceitou, controlando a ironia com dificuldade:

– Está muito bem, meu senhor, já que sou tua escrava nada impede de ser tua prisioneira.

Ele aproximou-se e, abraçando-a, disse quase carinhoso:

– És minha prisioneira pelo coração. Apenas não quero que te exponhas às crendices dessa gente.

– Essa gente – ponderou Suzana – é a minha família, o meu povo.

– Quero protegê-la – ele continuou –, pois és tão crédula que passaste a vida sendo explorada pelos fariseus e nunca desconfiaste.

Não permitirei que sofras novamente ouvindo as pessoas desta cidade ou o tal Jesus. Preciso que te mantenhas resguardada desse tipo de aborrecimento.

– Mas nesse caso é diferente – acrescentou Suzana. – Jesus não é como os fariseus. Aliás, eles não o suportam, porque Ele prega a igualdade, a honestidade e o amor incondicional a todas as criaturas, indistintamente. Seus seguidores são gente simples, pescadores, comerciantes, enfermos, mendigos, viúvas. Ele nada exige em troca. Apenas o arrependimento, o perdão, a paz e o amor ao próximo.

Ele distanciou-se e, colocando o cinto como a preparar-se para sair, falou:

– És a esposa de um rico comerciante de jóias e também de madeira. Deves agir como tal. Não és qualquer uma. Para que não te sintas uma serva, comprarei uma escrava para te auxiliar quando precisares de algo na rua. Logo, não necessitarás sair de casa.

Despediu-se e Suzana imaginou que ele fosse ao mercado cumprir o prometido: comprar uma escrava, como se compravam bois, carneiros ou qualquer outro animal. Mas ele tomou o caminho da casa de Judá. Entrou sem bater na porta e alcançou o quintal onde Judá estava trabalhando na marcenaria.

Tomou o ancião pela gola da túnica e, pressionando-o contra uma pilastra de madeira, rangeu:

– Velho insolente! É assim que me pagas o bem que fiz a esta casa?

O pobre velho, estremecendo ante os robustos braços de Órion, disse:

– Misericórdia, senhor, não pude evitar que ela juntasse os madeiros. Continuarei guardando teu segredo, mas livra-me desta perfídia ao meu povo.

Nesse instante Miriam se aproxima e roga que o solte. Órion deu um grande safanão em Judá, fazendo-o cair com a face no chão.

– Traição e língua comprida é o que esse povo tem de sobra! Mas fiquem sabendo que se a notícia se espalhar, haverá calamidade para todos.

Órion temia que os judeus da cidade soubessem de seu disfarce, não somente porque o expulsariam, mas também porque perderia a oportunidade de abocanhar muito dinheiro com o comércio em que era intermediário com os herodianos.

Judá angariou forças para se levantar e suplicou:

– Meu senhor, não tortures esse teu servo. Sê condescendente e me livra dessa desdita. O Deus de meus pais não me perdoará. Sê misericordioso, sei que tens coração...

Órion cuspiu para o lado e, franzindo o cenho, disse:

– Amanhã meus escravos virão buscar os madeiros que deveriam estar prontos daqui a uma semana. Ordeno, velho atrevido, que à primeira hora do dia todos estejam prontos!

E deu-lhes as costas. Judá e Miriam começaram a se lamentar. Ao passar pela casa, Órion viu Hilda e ordenou-lhe:

– Retoma o teu lugar junto a tua senhora, mas aviso: pondera a tua língua ou os corvos do deserto terão alimento farto.

Hilda cobriu-se e a passos largos atravessou os quarteirões até chegar à casa de Suzana. E falou:

– Judá e Miriam estão bem e mandam abraços e pedidos de perdão. Graças a teu marido, estou de volta.

Suzana alegrou-se imensamente e comentou:

– Vê, minha amiga, há sempre um lado bom em todas as pessoas, como há pétalas perfumadas em todo espinheiro.

– Certamente – disse Hilda, disfarçando a tristeza e sentando-se –, até as serpentes venenosas são criaturas de Deus e você conviveria com todas, jurando que nenhuma é venenosa.

Suzana olhou-a com estranheza e perguntou:

– Por que razão o comparas às serpentes venenosas?

– Eu o comparei? – hesitou Hilda. – Oh! Não, foi apenas uma triste alegoria.

Suzana entristeceu-se e comentou:

– Hilda, tens estado comigo desde o dia em que nasci. Sei que em ti posso confiar. Deus tem me castigado por ter aceitado fazer parte de uma mentira por amor a Órion. Agora veja como sou desditosa! Não posso ter filhos e, até os que me ajudam, sofrem. Estou perdendo também o amor dele. Tenho certeza de que os lacaios são mais bem tratados que eu.

Hilda, preocupada, redargüiu:

– Nada temas, senhorinha. Dizem os antigos que a mulher sensível, meiga e paciente foi feita para o homem bruto, racional e incompreensível para que ela possa arrebatá-lo pelo amor, assim como a água branda transforma a pedra rígida em areia, com sua persistência.

– Persistência? – questionou Suzana quase incrédula elevando os braços aos céus. – Oh! O Pai lá nos céus sabe o quanto tenho me esforçado e lutado por este amor. Mas minhas forças se esgotam a cada dia. O deserto de minha alma é tão longo quanto o que Moisés atravessou.

– Ouve esta velha que aprendeu com o lapidar da vida – murmurou Hilda, segurando-lhe as mãos entre as suas, já enrugadas e calejadas. – Na prática, existe grande diferença entre persistir e insistir. A insistência é teimosia, caracterizada por inúmeras tentativas idênticas para se conseguir um objetivo. A persistência é diferente. É perseverança. Quem persiste busca diferentes formas de se alcançar um objetivo. Se uma não deu certo, busca outra diferente, mas o objetivo continua o mesmo. Por isso, quem insiste se irrita e aborrece, mas quem persiste consegue.

Suzana calou-se, levantou-se e caminhou pela sala por um instante como a meditar naquelas palavras. Depois falou:

– Tens razão. Mas como Órion pode me perdoar por não lhe dar um filho? Sinto que isso o deixa incomodado, talvez por tal razão seu comportamento seja inesperado. Às vezes é extremamente calmo e carinhoso. Mas é só algo o perturbar ligeiramente e ele se torna agressivo.

Não sabia Suzana que também a posse do misterioso diamante consternava as idéias do esposo, deixava-o visivelmente irritado, concentrado somente em obter poder e riqueza, desprezando qualquer sentimento de amor.

– Não perturbes teu puro coração – disse Hilda. – Terás teu filho no tempo certo.

– O quê?! – espantou-se Suzana. – Como posso, sendo estéril, gerar uma criança?

– Tens fé pequena, como quase todo o povo – falou Hilda, convicta. – Sara, mulher de Abraão; Ana, mulher de Joaquim; Isabel, mulher do sacerdote Zacarias; e tantas outras que desconhecemos tiveram a graça de Deus e geraram filhos mesmo sendo estéreis, ou velhas, graças à fé. Se quiseres poderás ter tantos filhos quanto queiras.

– Prossiga, por favor – disse Suzana aproximando-se um pouco mais de Hilda.

– O primeiro passo é não nutrires qualquer aversão por teu esposo, para que teu organismo não destrua a semente da vida que ele deposita em ti. O segundo passo é mentalizar que o infinito amor do Pai Celestial, Criador de todas as coisas, flui para o teu interior e o torna frutífero e iluminado, capaz de abrigar a centelha divina. Quando isso acontecer, sentirás todo o teu corpo resplandecer, mesmo que a velhice tenha te alcançado.

Suzana sorriu como uma criança e seu rosto iluminou-se. Abraçando a veneranda amiga e mãe pelo coração, perguntou:

– Que Deus ouça tuas palavras. Onde aprendeste todas essas coisas cheias de amor e sabedoria?

Hilda reportando-se ao passado, falou com certa tristeza:

– Há muito tempo, antes que teus pais me comprassem, quando da ocasião do teu nascimento, pertenci a uma família asiática cujos conhecimentos passavam de pai para filho. Como eu cuidava do filho primogênito deles, ouvi e aprendi muito. E ainda haveremos de aprender mais. Agora alegra-te, pois amanhã Jesus estará na cidade.

– Jesus, o mestre querido, luz do nosso caminho? – falou Suzana saltando de onde estava.

No dia seguinte, Órion saiu à primeira hora do dia. O clima estava ameno, não havia vento, apenas uma suave brisa balançava as folhas das árvores.

A notícia de que Jesus estaria na cidade se espalhou e logo as pessoas foram saindo de suas casas em direção à residência de Pedro.

Suzana arrepiou-se ao se lembrar das palavras de Órion, quando jurou-a de morte se soubesse de sua ida onde Jesus estivesse. E falou a um dos servos:

– Tens consideração à tua senhora e és fiel até a morte?

O servo curvou-se e balançou a cabeça em sinal positivo.

– Então – disse Suzana –, sê fiel e vai para a entrada da cidade. Quando teu senhor se aproximar, avisa-nos sem demora, na casa de Pedro, para que não aconteça que tua senhora perca a vida por amor ao Messias.

O servo curvou-se novamente e saiu em disparada.

Hilda e Suzana partiram e se juntaram a um grupo de pessoas, rumo à casa de Pedro. Lá os cobradores de impostos do Templo receberam duas dracmas retiradas da boca de um peixe, pescado por Pedro, sob a orientação de Jesus.[2]

Após ouvirem muitos ensinamentos, já iam saindo quando, de repente, o servo veio correndo, esbaforido e falando entre um fôlego e outro:

– Lá vem ele! Lá vem ele!

– Que a tua fidelidade abra para ti as portas do Céu – disse Suzana. – Agora sigamos sem tardar para casa e que o silêncio seja guardado.

Quando Órion chegou, elas cuidaram para que houvesse ordem em tudo. No entanto, o humor do esposo se tornara péssimo, já que enquanto entrava na cidade fora obrigado a passar pelo barulho das pessoas que voltavam para suas casas comentando sobre a estada de Jesus e as curas que aconteceram em Quinerete. Deu uma olhada de desconfiança para a esposa e para os servos, mas preferiu não falar nada.

Aqueles dias se passaram de forma tranqüila. Suzana sentia-se feliz tendo Hilda para conversar. Passavam o dia tecendo fazendas e rememorando os ensinamentos do Mestre. À chegada dos caravaneiros na cidade, sempre davam um jeito de saber notícias dos prodígios que Jesus operava.

---

[2] *Mateus, 17:24-27*

SICAR, O CARAVANEIRO

"A evolução é um fragmento diante do todo.
Um fragmento perfeito, obediente a um mecanismo
indescritível, imperturbável."
Emídio Brasileiro

Numa dessas caravanas, Sicar, o vendedor de trigo, vindo de Jerusalém relatou-lhes com euforia os novos acontecimentos.

Suzana e Hilda preparavam pães enquanto ouviam os relatos do caravaneiro. Os servos recolhiam os sacos de farinha. E forçando as mãos na massa, Suzana perguntou:

– Dize-nos, senhor, que boas notícias nos trouxeste de tuas andanças nos caminhos percorridos por Jesus?

Sicar, generosamente, começou a falar enquanto enchia os potes:

– Perdoa, minha senhora. As palavras deste velho podem falhar na narrativa, porém, as impressões desses olhos enrugados jamais desaparecerão. Um certo homem estava doente havia trinta e oito anos. E Jesus o curou, ordenando: "Levanta-te, toma o teu leito e anda". Imediatamente o homem ficou curado. Apanhou seu leito e começou a andar. Era sábado. Então os judeus repreenderam o homem. Depois, Jesus o encontrou no Templo e lhe disse: "Vê, ficaste curado. Não peques mais para que te não aconteça coisa pior".

O homem saiu e foi dizer aos judeus que foi Jesus quem o curou.

Por isso os judeus perseguiam Jesus, porque fazia coisas assim, no sábado. Quando os judeus lhe pediam contas de seus atos contra os preceitos do judaísmo oficial, Jesus lhes respondia: "Meu Pai continua trabalhando. Por isso eu também trabalho. É verdade que o Filho faz tudo o que vê o Pai fazer, pois o pai ama o filho e mostra-lhe tudo o que faz. E o Pai lhe manifestará ainda coisas maiores que estas, das quais ficareis admirados. Assim como o Pai ressuscita os mortos e os vivifica, também o Filho dá vida a quem quer viver. Porque o Pai a ninguém julga, mas confiou ao Filho todo julgamento, para que todos honrem o Filho assim como honram o Pai. Aquele que não honra o Filho não honra o Pai que O enviou. Quem ouve meu ensino e acredita naquele que me enviou tem a vida eterna e não será julgado. Pelo contrário, já passou da morte para a vida."[1]

Após ter dito isso e muito mais, Jesus partiu de Jerusalém – disse Sicar. – Não era prudente permanecer naquela região, devido ao mau acolhimento às suas afirmativas cheias de inovações ante as crenças ortodoxas. Alguns judeus pretendiam tirar-lhe a vida.

– Que dizes, Sicar? – perguntou Suzana com aperto no coração. – Esses hipócritas querem destruir a única fonte de amor que desceu à Terra, desde que foi criada! É melhor que morram antes de desejarem tal desatino.

E, voltando os olhos para o amassadouro, onde lentamente pó e azeite se transformavam em consistente e elástica massa, murmurou com tristeza:

– Enganei-me ao pensar que os inimigos de Jesus fossem os romanos.

Sicar acrescentou, enquanto abanava o pó que lhe cobria toda a frente da roupa:

– Ouve, senhora, não são somente os judeus que não o compreendem. Há uma classe pior e muito mais rapina que exerce influência sobre o povo mais humilde, deturpando as abençoadas palavras de nosso Rabi e tentando inutilmente pressioná-lo com dogmas humanos. Os fariseus, os doutores da lei e os sacerdotes não aceitam os ensinos de Jesus e

[1] *João, 5:1-30*

vivem armando ciladas para que ele caia. Mas quem haverá de reter o filho de Deus? Jesus enfrentou-os e disse-lhes: "Este povo me honra com os lábios, mas seu coração está distante de mim. Em vão me veneram e o que ensinam não passam de preceitos humanos. Transgredis os mandamentos de Deus e vos apegais às tradições dos homens. Não é o que entra pela boca do homem que o torna impuro; mas, pelo contrário, aquilo que sai da sua boca. Tudo o que entra pela boca desce para o estômago e depois é lançado na fossa. Pelo contrário, tudo o que sai da boca vem do coração, e é isso o que contamina o homem e o torna impuro. Pois do coração é que procedem as más intenções, maus pensamentos, más ações, homicídios, adultérios, prostituições, furtos, perversidades, fraudes, inveja, insensatez, orgulho, luxúria, cobiças, falsos testemunhos e injúrias. São essas coisas que contaminam o homem. Pois todo ensinamento que meu Pai não tiver inspirado, será eliminado. Deixai os fariseus, são cegos guias de cegos. Ora, se um cego guia outro cego, cairão ambos num buraco".[2]

Após contar tais fatos, Sicar calou-se, entristecido por um instante, e levantou-se apressado, como se houvesse lembrado de outros afazeres.

Suzana começou a dar forma ao pão e vendo que já estava quase pronto, entregou-o a Hilda que cuidaria do restante. Enquanto lavava as mãos para remunerar o gentil e discreto vendedor, falou:

– Grata pelas tuas informações, senhor. Que Deus te acompanhe!

– Tens agora bastante mantimento – disse ele. – Partirei sem demora, pois devo me preparar para a festa dos Tabernáculos. Agora todos já sabem que, mesmo estando distante, a notícia dos feitos de Jesus logo se espalha pelas redondezas. Os bons e os maus ficam sabendo das suas curas numerosas. Os bons se alegram e dão glórias a Deus nas alturas; os maus acusam-no de falar em nome de espíritos malignos. Mas o Mestre cura a todos que o procuram, inclusive os que não são israelitas, como curou a filha de uma mulher cananéia que rogou pelas migalhas do que sobrava de suas curas. Curou dois homens possessos e a um deles deixou a tarefa de difundir seus ensinos. Colocou os dedos

---

[2] *Mateus, 15:17-20*

nos ouvidos e na língua de um surdo e gago e logo ele começou a ouvir e falar. Curou coxos, cegos, estropiados, mudos e outros. E ele curou a todos. As multidões se admiravam por ver que os mudos falavam, os estropiados se restabeleciam, os coxos andavam bem e os cegos recobravam a vista. E glorificavam o Deus de Israel. Mas Jesus advertiu: Abri os olhos e tomai cuidado com o fermento dos fariseus – a hipocrisia – e dos saduceus – o materialismo – e com o fermento de Herodes – a idolatria! Aquele que não está contra nós está a nosso favor.[3]

E ajeitando nas costas o que sobrou da venda, Sicar despediu-se.

Durante os dias em que Jesus permanecera em Cafarnaum, Suzana, por mais que tentasse, não conseguia esconder de Órion o contentamento que tomava conta de sua alma, intercalado pela tristeza de não poder estar com o Mestre.

Órion distraía-se, ficando horas mirando o diamante misterioso, rolando-o entre os dedos, olhando-o através da luz, como que embriagado pelo seu brilho. Num dado momento, mirou a esposa várias vezes e, percebendo que ela lhe evitava os olhares e quase saltava de onde estava quando ele lhe chamava, Órion questionou desconfiado e impaciente:

– Em nome dos deuses imortais, mulher, que se passa contigo? Não vejo sossego em teus olhos e andas pela casa como fera enjaulada? Acaso escondes mais alguma coisa de teu marido?

Entendendo que ele sondava sua alma inquieta e desconfiava que sua vontade era ir até onde Jesus estava, ou mesmo ouvir de outras pessoas outras narrativas, resolver abrir-se:

– Oh! Meu esposo e senhor, não desejo preocupar-te com meus afazeres domésticos. Tranqüiliza-te. Se queres que te sirva algo, pede e serei imediata.

Órion pôs-se ereto e lançou-lhe um olhar fulminante, deixando-a desconcertada. Então, ela confessou quase trêmula:

– Perdoa-me. Sei que não compreendes meus sentimentos, por isso guardo-os para mim para que não sofras. Já me disseste o que pensas sobre o Cristo de Deus. Mas, ai de mim, pois que meus pensa-

[3] *Marcos, 8:15*

mentos me rompem, são mais fortes que eu e me denunciam! – e cobriu o rosto com as mãos.

Ele começou a andar de um lado a outro da casa, depois seu rosto adquiriu a vermelhidão conhecida e disse:

– Esse Jesus vive andando com mendigos, assassinos e leprosos. Como posso deixar que minha esposa aceite o que ele prega. É um profeta para os fracos?

– Ouve, meu senhor! – disse Suzana tocando o rosto do esposo numa atitude afetuosa. – Não percebes que Ele anda com esses infelizes justamente para orientá-los no caminho em que devem seguir, pois são de uma classe massacrada, sem privilégio e marginalizada? Ele não faz distinção. Quis andar também entre os doutores e magistrados, mas eles foram orgulhosos demais para aceitar suas palavras de amor ao próximo e lições de humildade.

– Tolices – disse ele com ironia. – Convenço-me de que esse homem pretende que todo o povo se torne mais escravo do que já é!

– Enganas-te – falou Suzana gesticulando. – Ele prega a humildade para os orgulhosos, a caridade para os egoístas e o amor para os que odeiam. Somente quem tem o coração puro pode entender e praticar tais ensinos. És líder entre teus soldados porque trabalhas a favor do interesse de todos eles. Se eles não quisessem lutar por Roma não te obedeceriam, como os judeus não te obedecem, mas ao contrário, temem as suas armas. Entretanto, à primeira oportunidade retomarão a liberdade. Por isso és líder, pois és servidor de todos. Isso pouca gente compreende.

Órion redargüiu:

– Queres dizer que não tenho inteligência para compreender o que esse carpinteiro fala? Não sabes que todo povo oprimido cria salvadores para tirá-los de seus problemas de forma milagrosa, abrindo mão do ouro da Terra interessado no "ouro" do Céu!

Suzana percebeu que por alguns instantes Órion estava suscetível a discutir sobre tal assunto. Abraçou-o carinhosamente e falou:

– Quero dizer que precisamos buscar a felicidade duradoura, não nas honras da Terra, mas a felicidade Eterna...

– Ah! Ha! Ha! – ele interrompeu gargalhando com desdém. – Não sabes o que é felicidade! Nunca saíste da tua pequena visão da vida. Queres saber o que é felicidade? Eu vou te mostrar a felicidade dos deuses imortais.

A FESTA

"Domina a ignorância em teu nível de evolução
e serás perfeito em teu nível."
Emídio Brasileiro

Imediatamente ele vestiu a capa e saiu. Em poucas horas estava de volta com uma sacola. Entregou-a à esposa com arrogância e disse:

– Um presente digno de tua beleza.

Suzana abriu-a e retirou o conteúdo. Continha um belíssimo vestido de seda azul, bordado com fios de ouro e outras pedras preciosas que lhe pendiam das franjas na altura da cintura. Ao fundo da sacola encontrou alfinetes dourados, pentes em forma de diadema, ornamentados com pedras vermelhas, verdes e azuis, brincos de brilho alucinante, um colar de pequenos rubis e um saquinho cheio de bolinhas perfumadas.

– Veste-te – ordenou, enquanto Suzana ainda se refazia da surpresa –, e fica pronta no início da noite.

– Agradeço-te, meu senhor – disse resignada – tua vontade é lei.

Órion sorriu e completou:

– Assim é que eu gosto. Verás como as patrícias romanas se divertem e como são belas quais as deusas, e sedutoras como os perfumes egípcios. – E, aproximando-se, premiu os lábios nos da esposa dizendo: – Mas nenhuma se iguala a ti.

Suzana estremeceu e começou a se imaginar sendo ridicularizada ante as orgias dos romanos e o quanto se sentiria mal naquele ambiente. Jogou de lado a sacola e, tentando controlar-se, falou com firmeza:

– Achas que vou me juntar aos "filhos da Loba". Suas orgias são imundas e vergonhosas. Jamais irei, nem se me matares...

– Ora, vejo que nutres mortal antipatia pelos romanos! – E, recolhendo no chão a sacola e colocando-a de volta nas mãos dela, falou:

– Não temas. Quando retornarmos te deixarei livre para seguir o nazareno.

– Não compreendes! – falou a jovem mulher, enlaçando-o novamente e descendo até os joelhos, voltando os olhos para ele. – O amor que sinto por Jesus é diferente do que sinto por ti. Jesus é soberano e transcende qualquer amor terreno. Os homens e todos os anjos do Céu e da Terra também o sentem. Se nos prostrássemos a seus pés dia e noite e o adorássemos, ainda assim não conseguiríamos nos aproximar do amor verdadeiro que Ele deseja de nós. Ele não quer que o adoremos, mas que nos amemos uns aos outros, que nos perdoemos, que nos reconciliemos com os adversários enquanto é tempo. Eu te amo e quero viver em paz contigo. Mas precisas conhecer a verdade para que não penses que te sou infiel. Não vês que somos um só perante Deus? Eu já te perdoei e espero que tu também tenhas me perdoado. Agradeço-te pelas oportunidades que me deste em desenvolver a paciência e praticar a oração e o perdão. Não tenho nenhum ressentimento contra ti e rogo ao Pai pela tua felicidade. Ele, que constantemente nos perdoa, já nos perdoou. Mas não me contamines com os adoradores de pedras, que derramam sangue de vítimas inocentes para obter favores de seus deuses famintos de morte.

Ele calou-se por alguns instantes, segurou-lhe as mãos e, levantando-a, premiu os lábios nos olhos úmidos da meiga esposa, secando-lhe as lágrimas. Sorriu e insistiu, porém com voz suave:

– Arruma-te e não temas. Quero apenas que os romanos saibam que a minha esposa é mais bela que todas as rainhas do Oriente... é o último desejo que me concedes.

– Oh! Deus de Israel, dai-me forças – lastimou Suzana. – Como temi que este dia chegasse. Realmente nunca deixaste de dar continuidade às tuas atividade como romano. Oh! Como fui ingênua. De judeu só tens as roupas. Sabia que um dia isto aconteceria. Compactuei com uma mentira, agora faço parte dela. Não duvido de que queiras tornarme também romana.

– Tu decidirás isso – falou Órion –, mas digo que a honra de uma mulher vem da obediência ao marido.

– Se é assim – queixou-se Suzana –, irei contigo, mas que haja misericórdia para mim no fim dos meus dias!

Órion saiu para preparar seus homens para a condução de Suzana a Jerusalém.

Hilda começou a prepará-la.

Apesar dos maus tratos dos últimos tempos, Suzana ainda conservava a pele rósea e brilhantes os negros cachos de cabelos que Hilda separou em algumas tranças e depois os entrelaçou rente à cabeça. Colocou todos os adereços e a maquiou suavemente.

À pouca distância da cidade, num pequeno bosque, Órion, vestido como Otávio, preparava junto aos fiéis oficiais a sua viagem para Jerusalém. Com voz autoritária, ordenava a um dos soldados o preparo do transporte para a esposa. Antes de entrar na cidade, trocou-se novamente e chegou em casa. Suzana estava pronta.

Saíram da cidade. Hilda e mais uma serva a acompanhavam num palanquim puxado por cavalos. Órion parou por um instante, apeou e, auxiliado por um servo, tirou a capa e a túnica. Colocou a vestimenta romana, a armadura e a espada. Subiu novamente no cavalo e colocou uma longa capa vermelha, que lhe cobria as costas e a anca do alazão.

O uniforme romano deixava à mostra as pernas peludas do esposo, e Suzana, não habituada com tal indumentária, sentiu-se desconcertada pela presença dos que ali estavam. Fechou, então, as cortinas da liteira. Algum tempo depois, abriu-as novamente e pôde visualizar um grupo de soldados montados. Sentiu um calafrio e cobriu o rosto com o véu.

Órion foi à frente, conversou com um dos soldados e retornou. E aproximando-se da liteira disse a Suzana:

– Tudo pronto. Prepare-se para o enfado, pois iremos a Jerusalém.

– Por que Jerusalém? – perguntou assustada.

Ele respondeu:

– Jerusalém sempre atrai os que anseiam melhores oportunidades em todos os aspectos. Para esses homens sou Otávio e assim te dirigirás a mim. Lá em Jerusalém tenho o respeito de Pôncio Pilatos.

Suzana aproximou-se do ouvido do marido e perguntou:

– E como conseguiste esse respeito?

– Ora, com muita competência e bons serviços. A consideração que todo homem rico deve ter.

– Riqueza? De que falas, meu marido? – espantou-se Suzana.

Otávio retirou da pequena bolsa o diamante e, mostrando-o disse-lhe:

– Não te lembras de que falei sobre esta pedra mágica? Quem a possui consegue riquezas, poder, glória e tudo o mais que sonhar. Já consegui quase tudo isso. Por esta razão, estamos indo a Jerusalém. Estão reservadas para nós acomodações no palácio.

Suzana sentiu-se mal, arregalou os olhos e começou a ter vertigens, banhar-se de suor frio e o coração acelerar quase saltando-lhe do peito.

– O que há? – perguntou Otávio, segurando-lhe as mãos e parando a liteira.

A jovem mulher, com intuições do que lhe poderia acontecer, começou a tremer, colocou as mãos na cabeça e gemeu:

– A torre Antônia... o Pretório... todas aquelas... orgias... sacrifícios... o que Hemoz contou-me sobre a vida palaciana dos romanos... Oh! não suportarei. Hei de sucumbir!

– Não te apavores tanto assim, meu amor – falou carinhoso, trazendo a cabeça da esposa para junto do peito. – Nada te acontecerá, senão alegrias. Acreditas que te levaria à cova dos leões? Relembra em tua memória a promessa que te fiz. Em poucos dias tu retornarás e serás uma mulher livre para seguir o carpinteiro ou quem quiseres.

Suzana secou as lágrimas e Otávio tomou de volta a montaria, sinalizando para todos seguirem em frente.

Enquanto percorriam o caminho, não imaginavam o que estava sendo preparado para eles no palácio: Vitila, uma mulher sinistra, esposa de Antônius, o qual na juventude fora general de muitas legiões, procurava ansiosamente pela jóia de Ramud. Naquele instante, travava interessante diálogo com um soldado chamado Longinus:

– Que informações me trazes sobre o diamante?

– Está a caminho daqui, senhora. Otávio, o atual dono, o mantém em seu poder e não se separa dele um instante sequer.

– Estás dispensado! – disse ela com arrogância.

O soldado saiu, mas, voltando-se, acrescentou:

– Ele vem trazendo sua esposa...

Como se um raio houvesse lhe partido ao meio, Vitila modificou o semblante. Forçou as sobrancelhas em sinal de ódio e ciúme. Ainda assim, falou disfarçando:

– Isso não é problema. Que venha.

Mas à saída do soldado, ela começou a idealizar planos para conseguir seu intento. Para isso, tiraria qualquer um do seu caminho.

A pequena caravana atravessou toda a Samaria e em cada cidade ou povoado Otávio apresentava e ouvia relatórios intermináveis junto aos que tinham a mesma função que ele. No entanto, com a esposa só se comunicava em forma de monólogo. A viagem não foi mais cansativa porque a cada parada recebia nas hospedarias tratamento digno de uma rainha, com banhos perfumados e deliciosas refeições. Entre os romanos, Otávio se fazia respeitar. Os homens o admiravam pela sua inteligência e súbita prosperidade e as mulheres o cobiçavam pela máscula beleza e pelo poder que conquistara ainda tão jovem.

Ao passarem por Jericó, algo inusitado chamou a atenção de Suzana: uma mulher muito pobre, uma mendiga, estava sentada à porta da cidade, com uma criança ao colo. Otávio parou, apeou do cavalo e aproximou-se da mulher. Tirou da bolsa algumas moedas, entregando-as à mendiga.

Suzana comentou com Hilda:

– Viverei mil anos e não conhecerei de todo meu marido. Vê, devo dar glórias a Deus, pois vindo de Órion, digo, Otávio, é um grande feito.

Ela desceu da liteira e, ao aproximar-se, ouviu-o repreender a pobre mulher que quase se encolhia na parede:

– Vê se compras roupas e comida para ti e para teu filho e não fiques perambulando pelas ruas. Busca uma moradia, mesmo que seja de favor.

A mulher baixou a cabeça e com voz de gratidão falou:

– Sou eternamente grata senhor, mas o que me deste só dará para comprar alguns pães.

Otávio colocou as mãos na cintura e disse:

– Ora, ainda queres mais! – Olhou para o lado e vendo Suzana, mudou o tom de voz, e tirou da bolsa a mão cheia de moedas: – Pois bem, tome também isto.

A mulher beijou-lhe os pés e, levantando-se com seu filho, saiu dando glórias a Deus.

Suzana aproximou-se e falou carinhosa:

– Meu senhor, Deus seja louvado, pois a bondade encontrou morada em teu coração.

Otávio estufou o peito e falou com altivez:

– Ora, basta querer para fazer surgir uma boa ação. O que são algumas moedas perto das milhares que tenho?

Suzana voltou para a liteira, percebendo o orgulho presente na resposta, e enquanto Otávio se encaminhava para a montaria aconselhou:

– Grande feito esta tua ação, mas gostaria de elucidar-te que dar esmolas e ao mesmo tempo transmitir conselhos rigorosos ou amargos ao que recebe, provoca uma tristeza profunda ao pobre que, no fundo, jamais gostaria de pedir favores. O que enche de orgulho o benfeitor e evidencia sua superioridade perante o outro, enche de humilhação o recebedor, que se sente pior que antes.

Otávio olhou para cima e bradou:

– Por Júpiter! Quem, em sã consciência, poderá um dia compreender as mulheres? – E, olhando para o oficial do lado que tentava disfarçar o sorriso, continuou: – Se somos cruéis, elas nos odeiam; se somos benevolentes, elas nos criticam.

Todos riram.

Após uns trinta quilômetros chegaram ao Monte das Oliveiras, de onde se podia ver Jerusalém em toda a sua magnitude. Otávio apeou, aproximou-se da liteira e após inspirar profundamente, falou:

– Eis a pupila dos olhos de César, a mais disputada de todas as cidades. Tomada inúmeras vezes por guerreiros e conquistadores em busca de tesouros nunca encontrados. Destruída e reconstruída muitas vezes. Entretanto, ela resiste. Vê aquelas grandes edificações? – E apontando com o cabo do chicote, completou: – São o Templo, a Torre Antônia e o Palácio de Herodes. As muralhas de Jerusalém não intimidam os inimigos, como não intimidaram Roma...

Suzana pôde perceber a diferença existente entre as partes leste e norte da cidade. Enquanto de um lado um grande número de casinhas descoradas apertavam-se umas contra as outras através de ruelas irregulares, do outro lado, na parte norte, estava a forlaleza-residência onde vivera Herodes, o que nunca foi grande. Seu filho, Herodes Antipas – o antipático –, era governador da Galiléia. Para contrastar os abusos da riqueza gasta com jardins intermináveis e piscinas soberbas, Herodes mandara reconstruir o Templo igualmente portentoso, deixando resplandecer aos visitantes sua brilhante cúpula.

Entraram pela porta do Vale indo dar diretamente no Palácio. Rodeado por três torres altíssimas, a fortaleza se tornara intransponível e indestrutível às mãos humanas.

Ao adentrarem o palácio, Suzana sentiu um calafrio ante as vibrações odiosas, vindas do interior das gigantescas paredes, construídas às custas de sangue escravo. E era apenas uma das inúmeras fortalezas construídas por Herodes a fim de se proteger dos seus milhares de inimigos.

Foram recebidos pela guarda pretoriana juntamente com quatro escravas. Otávio ordenou que Suzana fosse levada a conhecer os novos aposentos. Na luxuosa acomodação ela pode visualizar um quarto duplo e amplo, repleto de tapetes, almofadas bordadas, estátuas nuas, vasos de ouro e cortinas avantajadas, que cobriam a enorme janela que se abria para uma sacada.

Exausta, Suzana banhou-se com o auxílio de duas escravas. Vestiu-se e deixou-se abater no amplo e macio leito, dormindo profundamente.

No dia seguinte, despertou com Otávio ao seu lado. Ele lhe disse:

– Prepara-te, pois hoje o desjejum no palácio será especial.

Ambos saíram do quarto e quando penetraram na ala principal, ele a entregou a uma mulher que a recebeu com um sorriso servil. Então, ela foi levada para um local formoso e repleto de jardins, onde viu várias mulheres. Uma delas levantou-se e disse:

– A esposa de Otávio? – perguntou em bom latim. – Não te aflijas, nobre senhora, mãos delicadas cuidarão de ti.

Bateu as mãos como sinal para chamar outras duas escravas que estavam ali por perto. Uma trouxe-lhe um vestido verde musgo, a outra trouxe sandálias douradas e muitas jóias. Após um banho com água perfumada, começaram a vesti-la. Suzana permaneceu inerte. Em alguns minutos estava pronta. Então, a mulher que a recebeu retornou e disse-lhe:

– Uma verdadeira deusa! Atrairás a cobiça dos homens e a inveja das mulheres.

Aquelas palavras causaram-lhe arrepios e um aperto no coração.

A mulher acompanhou-a até um imenso salão onde Otávio a aguardava.

Otávio sorriu e seu rosto se iluminou.

– A própria Afrodite sentiria ciúmes e Ísis teria inveja de tanta beleza! – disse Otávio embevecido. – Agora sim, pareces com a esposa de um centurião.

– Então conseguiste te tornar um centurião! – disse Suzana, quebrando o silêncio.

Enquanto caminhavam, ele falou:

– Caí nas graças do imperador por excelentes serviços prestados. Em pouco tempo serei um general de muitas legiões e aí – fez uma pausa e depois continuou – terei tudo o que um mortal poderia desejar: riqueza, poder e uma bela mulher.

Suzana obtemperou:

– E isso é tudo de que um mortal precisa? E a graça de Deus, não conta?

Otávio sibilou:

– Já tenho a graça dos deuses.

– Não falo desses deuses de pedra, mas do Criador – disse Suzana com firmeza. – Ou pensas que surgiste do nada? Deus dá a riqueza para se fazer bom uso dela, para que possamos servi-lo. Como pretendes servi-lo se te tornas escravo da riqueza e a tens como um deus? Poderás servir a ambos?

– Não pretendo servir a dois deuses – falou Otávio com ironia. – Apenas me preocupo com o nosso futuro. O que haveremos de comer, de beber, de vestir e onde vamos morar? Há muito tempo deixou de cair maná do céu.

Suzana parou e, olhando-o nos olhos, falou:

– Se buscas o Reino dos Céus e a sua justiça, as demais coisas te serão dadas por acréscimo.

– Por quê? – perguntou o centurião.

– Ora – disse Suzana –, nenhum conforto do corpo supera a consciência pacificada pelas virtudes e pelo dever cumprido.

– E daí? – falou em voz baixa. – Nem todos são iguais! Tudo o que adquiri foi honestamente, não roubei de ninguém. Há muitos que fazem coisas piores que eu e nem por isso estão sendo rebaixados, julgados ou presos. Aqui terás a oportunidade de ver homens ricos que mataram para tomar terras e bens alheios. Outros mentiram e pagaram para mentir a fim de jogar na prisão homens honestos e depois tomaram suas riquezas. No entanto, comem, bebem até se fartarem e nada lhes ocorre, senão a multiplicação de suas alegrias.

– Julgas por ti mesmo – disse Suzana – e serás julgado, pois enches a boca de maledicências. Se condenas, serás condenado; mas se perdoas, serás perdoado. Assim é a lei: com o mesmo rigor que julgares, serás julgado. Pensas que ficarão impunes estes que matam, roubam, mentem, corrompem e condenam? Seu tempo chegará, pois tudo o que acontece debaixo do céu todos ficam sabendo cedo ou tarde, porque ao espírito nada fica oculto e Deus tem olhos que atravessam paredes.

Fez-se silêncio.

– Quem disse estas coisas? – perguntou Otávio.

– Jesus nos ensina tudo e nos inspira a refletir sobre a vida – respondeu Suzana.

Desanimado ele soltou-lhe a mão e disse entre dentes:

– Sempre esse Jesus. Não podes tirá-lo do pensamento um minuto sequer?

– Se isso acontecer – ela disse sorrindo –, deixo de existir.

EM PALÁCIO

"A vitória das sombras é apenas aparente e,
não raras vezes, ilusória."
Emídio Brasileiro

Enquanto Otávio e Suzana conversavam, aproximaram-se do salão de festas. Então, ela cobriu automaticamente o rosto com um lenço que tinha nos ombros.

– O que significa isso?! – perguntou Otávio, olhando-a, irritado.

– O que foi? – perguntou Suzana.

– As romanas não cobrem a cabeça – disse ele. – A não ser quando saem às ruas e apenas em Jerusalém. Que bobagem! Aliás, não sei por que as israelitas cobrem a cabeça até dentro de casa. Tira esse véu ou saberão que me casei com uma qualquer e se souberem que és seguidora do rebelde galileu, estamos ambos condenados.

Suzana voltou o lenço aos ombros e falou:

– Eu não conheço o porquê de todas as nossas tradições religiosas, mas sei que todas as mulheres que vejo estão com a cabeça encoberta. Dizem que há muitos anos uma mãe de sete filhos tornou-os todos sacerdotes, graças aos méritos dela, pois mantinha sempre os cabelos cobertos e nem as paredes da casa jamais viram seu cabelo.

– Esquece esse hábito enquanto estivermos no Palácio. – E alfinetou: – Aliás, não terás filhos... muito menos sacerdotes.

– Muito obrigada, meu senhor, por me lembrar deste desgosto – disse comovida.

O barulho das vozes e da música podia ser ouvido desde o pátio. Ao adentrarem o cenáculo, inúmeros convidados, todos luxuosamente vestidos, gargalhavam com seus copos de vinho à mão. Os escravos ricamente vestidos, serviam a todos. Ao fundo e ao centro recostava um casal, rodeado por uns oito casais de cada lado. Todos tinham à frente uma mesa em semicírculo, onde serviam o banquete.

Um oficial particular cochichou ao ouvido do homem que estava ao centro, provavelmente o governador. Ao vê-lo, gesticulou para o jovem casal levantando a mão direita que continha uma taça de vinho e falando:

– Salve, Otávio! Salve, Otávio!

Suzana observou-o e pôde ter certeza de que realmente era Pôncio Pilatos. O cruel procurador do Imperador Tibério. Ouvira falar em seu nome devido às contínuas perturbações e revoltas na região. Entretanto, sabia que ele era mais lúcido que o governador da Galiléia, Herodes Antipas – apelidado pelo povo como "o antipático." Ela desejou que o solo se abrisse debaixo dos seus pés, quando Otávio pegou da bandeja de um escravo uma taça de vinho e também o saudou... com estúpida bajulação:

– Que os deuses o conservem sempre sábio e poderoso, grandioso Pilatos!

Nas inúmeras e coloridas almofadas ao lado, estava recostada uma mulher bela e ricamente vestida, de cabelos escuros, olhos arredondados da mesma cor e boca pequena. Era Cláudia, esposa de Pilatos.[1]

Cláudia não era diferente das outras mulheres romanas, senão pela beleza singular. Sem perder a classe, conversava com homens e mulhe-

---

[1] *Ao contrário das israelitas, as mulheres romanas gozavam de grande prestígio e liberdade de expressão, mais até que as gregas que passavam de escravas na casa do pai para escravas na casa dos maridos. As mulheres romanas estudavam línguas estrangeiras, processos, discutiam política com seus maridos e, sem nenhuma reserva, ocupavam os primeiros lugares nas habitações. Permaneciam fiéis aos maridos, como cabia às matronas. Ainda que seus maridos dominassem guerreiros invencíveis, povos bárbaros e muitas nações, em casa elas tinham um certo comando.*

res que estavam à sua volta e parecia saber discorrer brilhantemente sobre qualquer assunto.

Do outro lado, um casal namoricava. A mulher, visivelmente mais jovem, tentava colocar, de forma insinuante, uma uva na boca do homem.

Ao aproximar-se do grupo de convidados especiais, Otávio os cumprimentou e fez as apresentações:

– Senador Antônius e sua bela esposa Vitila!

Suzana sorriu, mas não gostou do modo como ela o olhou e principalmente da maneira sórdida como Otávio correspondeu, complementando com um olhar em seu decote, onde os seios se debulhavam propositadamente para fora.

Assim que se sentaram, Suzana falou em seu ouvido:

– O que há de especial naquela mulher?

Otávio se fez de desentendido:

– Qual delas? Há tantas!

– Não te faças de tolo – disse Suzana falseando um sorriso. – Aquela com quem trocaste um olhar adúltero.

– Ora – disse com desdém. – Há ciúmes em ti! Então me amas!

Suzana respirou profundamente e fitou o marido. Depois, lembrou-se dos ensinamentos de Jesus a respeito do adultério e cochichou-lhe ao ouvido:

– Olhas para ela com mau desejo, por isso já adulteraste em teu coração. Se a culpa é do teu olho, então que tome este punhal – e apontou para uma pequena faca que estava na mesa – e o arranques antes que perca todo o teu corpo... e a tua alma.

Otávio olhou-a com espanto, pois nunca havia ouvido de seus lábios tal afronta. E lembrou-se das palavras que Március lhe disse certa vez: "As mulheres quando têm ciúmes se transformam de frágeis pombas em perigosas tigresas".

Após alguns instantes, Cláudia acenou para que eles se sentassem mais próximos. Houve entre ela e Suzana uma simpatia recíproca.

– Senta-te comigo... – falou com voz suave a esposa de Pilatos.

– Suzana é meu nome, senhora.

Ela acenou a um escravo que a servisse imediatamente. Um rapaz trouxe uma bacia para as abluções. Logo a seguir vieram outros com ovos e variados tipos de frutas, enquanto os homens bebiam vinho misturado com mel. Após um pequeno intervalo, os escravos trouxeram pratos exóticos que, à primeira vista, ninguém podia saber se era ave, peixe ou frutas. Entre uma refeição e outra, os comensais aproveitavam para colocar os assuntos em dia.

Suzana ficou pensativa por um instante e refletiu: "Realmente, para quem vive de banquetes, jamais se cogitaria a idéia da felicidade no céu após a morte. Ao contrário, quereria viver eternamente e quem se abstivesse dessa vida a favor de uma outra incerta passaria aqui por tolo. Eis a consolação de que Jesus falou. Os fartos, os ricos, os bajulados haverão de sentir fome, sede e solidão, pois irão descobrir que é tudo ilusão e falsidade."

Os vários e diferentes pratos eram servidos sem intervalo e o banquete ia noite adentro. Otávio e Pilatus pareciam íntimos em sua conversação. Embriagados, levantavam brindes aos presentes empunhando suas taças de prata, adornadas com esqueletos gesticulantes e cheias de vinho e mel.

– Viva Marte, deus da luta e da guerra... e dos vencedores! – bradou Pilatos.

– Abaixo Eros, deus dos vencidos, filho de Vênus, a deusa do amor, da beleza... – gritou Otávio, para desgosto e decepção de Suzana que o observava penalizada.

O soar da tuba despertou todos para o abrir das cortinas e um grupo teatral deu início à peça imitada do teatro grego tratando de assunto romano.

Uma tragédia onde os atores vestem a toga pretexta e descrevem a época em que Roma começou a se tornar senhora do mundo; as mortes cruéis, as conquistas e a zombaria com os povos escravizados à custa de tirania.

Um grupo simulava as legiões e ia à frente um general buscando a glória individual. Soldados com os escudos indo do queixo até a canela, a espada à frente e uma expressão severa tomando o compasso, formavam uma parede móvel derrubando os inimigos no corpo a corpo.

Se algum adversário resistia de pé, a espada era usada com o objetivo de causar o maior estrago possível, trespassando-o ao meio para dentro e depois para cima. Um ator entoava: "Dominamos nações bárbaras e orgulhosas através da guerra". Assim, o maior exército do mundo com suas catapultas e estratégias invencíveis conquistavam os continentes com esmagadora vitória.

Suzana assistia a tudo com um ricto de nojo e pavor. Observava entristecida o semblante satisfeito de Otávio e dos outros homens. Até mesmo as mulheres demonstravam satisfação ante o desenrolar da peça, cujos atores representavam com fidelidade as atrocidades dos legionários romanos a mando de seus imperadores tiranos.

Cláudia, no entanto, destoava dos demais. Percebendo a tristeza indisfarçável no olhar da jovem, ela fala ao seu ouvido em voz baixa:

– Se preferires, não estás obrigada a assistir esta "comédia".

– Sim, senhora, muito obrigada – murmurou.

Curvou-se para o lado e disse a Otávio em voz quase inaudível:

– Meu senhor, gostaria de respirar ar puro.

Ele acenou com a cabeça, positivamente.

Cláudia disse:

– Vem comigo.

Levantaram-se e ela levou-a até à sacada onde havia um enorme e discreto jardim suspenso. Falou:

– Peço desculpas pelo meu povo. Pensa que dominar o mundo o fará melhor. Mas há apenas orgulho e cobiça.

– Grata por me ter poupado – disse Suzana voltando a sorrir.

– Deixe-me adivinhar – falou Cláudia. – És da Galiléia, onde Jesus mora.

– Sim, como o sabes? O meu latim não é bom?

– Teu latim é excelente. Mas não tens a petulância das mulheres abastadas de Roma, nem o fanatismo das judias. Não te preocupes, também não me agradam as orgias romanas. Apenas as suporto por consideração ao meu marido. Acompanha-me e iremos a um lugar onde poderemos conversar sem perigo.

Caminharam um pouco e chegaram a uma sala cujas paredes estavam decoradas com estrelas. O piso e o teto em azul celeste tornavam o ambiente místico.

Ao fundo encontraram um ancião vestido com uma túnica azul-marinho bordada com luas, sóis e estrelas pequenas e douradas. Estava recostado ao parapeito da janela olhando para o céu.

Cláudia aproximou-se e anunciou:

– Interrompemos, mago Emir?

– Em hipótese alguma, nobre senhora.

– Apresento-te nossa jovem convidada Suzana – falou solícita a anfitriã.

O mago aproximou-se, observou-a e, tomado de grande admiração, perguntou:

– Como te chamas mesmo?

– Suzana – ela respondeu.

– Há décadas convivo com nobres e famílias de rara estirpe – disse o mago cuja voz se tornara trêmula e rouca pela idade avançada – mas agora percebo que a verdadeira nobreza não se consegue com títulos. – E ajoelhando-se, continuou: – Reverencio-me diante de ti.

A jovem mulher desconcertou-se e segurou as mãos enrugadas do velho, levantando-o. E disse:

– Tem misericórdia, senhor, não te curves diante de uma serva. Aquele a quem deves te prostrar viaja pelos acidentados relevos da terra de Israel e não busca servos, mas filhos de Deus. Sim, é Jesus de Nazaré, o Messias que aguardávamos.

– Psiu! – reprimiu Cláudia. – As paredes têm ouvidos. Aqui neste palácio, apenas eu e o mago Emir reconhecemos Jesus, mas ninguém ainda o pôde declarar.

Ela aproximou-se da porta, abriu-a e, tendo certeza de que ninguém os ouvia, retornou e convidou-os para recostar nas almofadas coloridas que ali estavam. Sentaram-se e ela interrogou Suzana:

– Dize-nos, conta-nos sobre o Mestre. Quando ele estará novamente em Jerusalém?

Por um instante Suzana calou-se e temeu ser partícipe de uma cilada romana, já que Jesus ameaçava teoricamente o Império, anunciando um Novo Reino. Emir, ao perceber seus temores, falou:

– Não temas. Somos amigos e também o amamos. E desenhou no ar a figura de um peixe.

Suzana não entendeu e falou:

– Não compreendo o que queres dizer com este símbolo.

– Então não sabes! Aqui em Jerusalém os seguidores de Cristo utilizam esse símbolo para se identificarem. Simboliza o que realmente é: um peixe. Cada letra representa uma inicial das palavras gregas. Vê: ICHTHUS – Jesus Cristo, Filho de Deus, Salvador. Simboliza que Jesus é o pescador de homens.

O rosto da jovem se iluminou e ela falou com entusiasmo:

– Sim, agora compreendo! Rogo perdão pela minha ignorância. Não imaginam como Jesus tem modificado nossas vidas. O amor faz parte de nós como nunca.

Ela falou das passagens de Jesus por Cafarnaum e procurou passar de forma mais íntegra possível os ensinamentos ditados por Ele, suas curas maravilhosas e seus sinais.

Após algum tempo, Cláudia falou solícita:

– Fica conosco. Sê nossa hóspede por algum tempo. Otávio tem futuro aqui e com certeza ele ficará em Jerusalém por mais tempo.

– Grata, nobre senhora –, disse Suzana. – Muito me honra teu convite. Realmente temi estar entre estas muralhas sem o reconforto de amigos.

Conversaram mais alguns instantes e retornaram ao cenáculo. Encontraram uma cena degradante. Poucos comensais restavam sóbrios: de um lado, alguns vomitavam; outros, amparados por seus escravos, eram carregados até suas liteiras e uns exclamavam: – Viva Baco!

Pilatos e Otávio, embriagados, roncavam recostados em enormes almofadas, um para cada lado.

– Que cena deplorável! – comentou Suzana.

– É sempre assim – exclamou Cláudia. Enquanto se abarrotam de comida, o povo passa fome.

– Esta terra tem fome de justiça – falou Emir penalizado.

Cláudia comentou:

– O pior ocorre quando eles fazem sacrifícios aos deuses utilizando sangue humano. E não foram raros os momentos em que meu próprio marido misturou sangue dos holocaustos com o dos pobres galileus.

No dia seguinte, Otávio despertou com forte dor de cabeça, mas contente por respirar o ar palaciano. Saiu para revistar a guarda e logo Suzana pôde se juntar à Claudia e a Emir.

NOVOS AMIGOS

"O onipotente não se importa em ser questionado por homens de boa vontade."
Emídio Brasileiro

Encontrando-os a sós na saleta do mago Emir, Suzana falou:

– Jesus estará em Jerusalém para a festa da colheita dos frutos.

Emir disse entusiasmado:

– Sim. A festa dos Tabernáculos. Não sou hebreu. Meus pais eram gregos, mas admiro e sempre que posso participo desta interessante comemoração em que as crianças do sexo masculino são apresentadas ao Senhor, simbolizando a proteção que seus pais receberam no deserto enquanto habitavam em tendas, após serem libertados das mãos escravistas dos egípcios. Não é isso mesmo, minha jovem?

– Estás correto, mago. Sabes mais que muitos que participam da festa e nem sabem realmente o sentido verdadeiro dela. Apenas se juntam à multidão ou aproveitam para aumentar seus lucros no comércio.

– Oh! – continuou Emir. – Admiro particularmente os cânticos que a multidão entoa enquanto agita os ramos de palmeiras na direção dos quatro cantos da terra. Há algo de fervoroso neste povo que as outras nações não conseguem imitar.

– Tenho um plano – disse Cláudia com entusiasmo – que utilizo quando Jesus vem a Jerusalém. Aliás, diversas vezes ofereci meus préstimos para auxiliá-lo em suas viagens, mas ele sempre recusa e pede que eu os repasse aos pobres.

– Realmente – disse Suzana –, Jesus tem suas razões para aceitar ou rejeitar seguidores. Não é que Ele rejeite, mas o seguidor precisa estar pronto e de alguma forma, quando é chamado, não há como resistir. Fiquei sabendo que algumas mulheres o serviram com seus bens.

Passaram a tarde toda conversando e Suzana voltava a sorrir. Encontrava em Cláudia a simpatia de uma irmã, muito compreensiva, culta e sensível aos assuntos espirituais.

Otávio estava muito ocupado com os assuntos militares.

Eis que chegou o dia em que Jesus entrou em Jerusalém.

Cláudia, acompanhada por uma escrava e o mago, e Suzana, acompanhada por Hilda, vestiram-se com roupas velhas e saíram do palácio passando pela portinhola dos escravos, que dava acesso à saída dos mantimentos. Pagando bem a um guarda, Cláudia comprou-lhe o silêncio.

Chegando à rua caminharam até onde Jesus poderia passar. O comércio era intenso e a multidão se acotovelava para vê-lo. Disputavam lugar entre mercadores árabes, gregos e das afastadas cidades da Judéia e da Síria.

No meio da festa havia um barulho ensurdecedor, até que a multidão foi se abrindo dando passagem aos discípulos. Então Jesus aproximou-se, subiu ao templo ficando ao meio e o rumor das vozes foi silenciado pelas palavras do Mestre, que começou a ensinar que não se deve julgar pelas aparências, mas de acordo com a verdade.

De repente houve um tumulto e alguns homens mandados pelos fariseus tentaram prendê-lo; mas ninguém conseguiu, porque a sua hora ainda não tinha chegado. E Ele ocultou-se rapidamente.

No meio da azáfama, a multidão se acotovelava enquanto Jesus desaparecia sem que ninguém o segurasse. Na confusão lá fora, alguns homens empurraram o grupo onde estava Suzana, que foi se espatifar em uma pequena tenda onde estavam sendo vendidos pombos. Enquanto o dono excomungava e Suzana tentava se levantar, um ancião segurou-lhe o braço erguendo-a com atenção.

Agradecida, ela olhou o fariseu gentil e o reconheceu:

– Hemoz, és tu?

Descobriu parcialmente o rosto para que ele a reconhecesse, mas ao mesmo tempo olhou para os lados temerosa que Simeão estivesse também ali.

– Filha de Deus! – falou espantado, mas com o mesmo carinho de sempre. – Vieste para Jerusalém!

– Sim, meu senhor, o destino me trouxe. Mas... Simeão?

– Nada temas. Simeão não veio. Sofreu um acidente e agora caminha com uma perna só e com o auxílio de um cajado.

– Que pena! – falou sinceramente.

– Ouça –, disse Hemoz com voz de pressa – as autoridades religiosas dos judeus estão no comando político graças aos acordos com romanos e procuram Jesus para prendê-lo.

– Mas por quê? O que Ele fez? Ora, não ousariam fazer isso em plena festa – afirmou.

– Blasfêmia é a acusação – falou Hemoz com preocupação. – Entretanto, não pretendem prendê-lo ante o povo, que apesar de temê-los, poderia reagir.

– É – disse Suzana com pesar. – Bem que Jesus advertiu: "Tomai cuidado com o fermento dos fariseus que é a hipocrisia. Nada há encoberto, que não se venha a descobrir; nem oculto, que não se venha a saber. Por isso, tudo o que tiverdes dito nas trevas, será ouvido na luz; e o que falastes ao ouvido, num quarto retirado da casa, será proclamado dos terraços".[1]

– Agora vai, filha –, falou Hemoz com carinho paternal. – Procura os teus e te mantém vigilante, pois Simeão não se esqueceu de ti.

Despediram-se e Suzana reencontrou Hilda, Cláudia e o mago Emir.

Quando voltavam ao Palácio, atravessaram a via pública. De repente foram interrompidos por uma rica liteira suspensa por hercúleos braços escravos que se abaixaram deixando ver por entre as cortinas uma jovem mulher.

---

[1] *Mateus, 16:4-12*

Era Vitila, que desceu falando com uma voz irônica:

– Ora! Quanta pressa! Foram ver o carpinteiro, disfarçados de pobres?

– Saia da frente, senhora! – falou Cláudia com voz enérgica.

Certificaram-se de que seus rostos estavam bem cobertos e seguiram adiante, deixando Vitila para trás com ar de quem iria usar este segredo na hora que mais lhe conviesse.

Voltaram ao palácio e com muita sorte conseguiram retornar ao templo nos dias subseqüentes. Vitila não ousou desafiar novamente a esposa do procurador, que tinha o poder de mandá-la embora do palácio.

No último dia, os três ficaram ali o dia todo ouvindo Jesus, que partiu dali para o monte das Oliveiras para orar. Depois retornaram ao Pretório. Alguns guardas passaram por eles sem os reconhecer. Porém, uma figura sinistra lhes vigiava os passos e, tal qual serpente, contorcia-se por trás das pilastras a fim de não perder um instante sequer do que faziam, sem que percebessem. Esta mesquinha e invejosa criatura não poderia ser outra senão Vitila, cujo velho esposo vivia sempre ocupado.

A princípio, Suzana imaginou, pelas frases agressivas que Vitila lhe dizia, que esta agia assim enciumada pelas horas que Cláudia e ela passavam juntas. Entretanto, sua ambição luxuriante ia mais longe. Francamente interessada em Otávio, jovem, próspero e belo, via na denúncia do que vira nas ruas próximas ao templo a trama perfeita para tirá-la do caminho. Mas temia Cláudia, pois esta não lhe dava ousadia. Em certa ocasião em que sacrificavam aos deuses, a estranha mulher queria obrigar Suzana a orar diante de uma pequena estátua da deusa Vesta. Felizmente, Cláudia intercedeu a seu favor, dizendo:

– O próprio Tibério orienta que, ao se conquistar um povo, deve lhe deixar o culto livre.

– E o que cultuam? – falou Vitila com um sorriso irônico. – Um miserável carpinteiro e um deus sem nome?

Suzana, acreditando que toda criatura traz dentro de si uma centelha divina que nunca se apaga, mesmo que esteja temporariamente encoberta de trevas, falou com profundo pesar aproveitando que as três estavam a sós:

– Tu também podes amá-lo e seguir seus ensinamentos. Basta querer e teu coração se abrirá. No tempo de nossos pais só um povo era de Deus, o povo escolhido de Israel. Mas Jesus ensina que todos nós, indistintamente, somos filhos do mesmo Pai. E tu podes fazer parte desse grande rebanho.

Vitila riu soltamente e disse:

– Eu fazer parte de um rebanho? Deves estar louca. Este homem é um feiticeiro.

– Pois bem, senhora – falou Suzana com generosidade –, os sinais que ele demonstra é para que todos creiam que ele é o Salvador.

Vitila, então, perguntou-lhe meio embaraçada:

– Por que te arriscas a falar sobre estas coisas comigo entre as paredes do Palácio?

– Porque és para mim uma irmã, alguém que está próximo a mim. Quero que ganhes também a Vida Eterna. Para que isso ocorra, deves seguir a Lei como Ele disse: "Amarás o Senhor teu Deus com todo o teu coração, com toda a tua alma, com todas as tuas forças, com todo o teu entendimento; e o teu próximo como a ti mesmo."[2]

– Que tenho eu contigo para que me fales assim? – perguntou Vitila em tom arrogante.

Suzana respondeu bondosa:

– És tu "o meu próximo" neste instante.

Vitila novamente se desconcertou e tornou-se inquieta.

Então, Suzana acrescentou:

– Falo a ti estes ensinamentos de Jesus para que saibas que eu gostaria que te preocupasses com o que realmente é importante e necessário... a Vida Eterna...

Vitila sentou-se e ficou quieta, tentando ordenar os pensamentos.

Suzana comentou com Cláudia enquanto se distanciavam dela:

– Talvez uma centelha do que falei possa derreter as fibras do coração endurecido desta pobre vítima dos prazeres.

Cláudia advertiu:

---

[2] *Lucas, 10:27*

– Já tentei isso, mas o orgulho, a vaidade, a luxúria e o egoísmo reinam completamente nessa alma.

– Entretanto – disse Suzana –, tentarei outras vezes.

OS IMPUROS DE CORAÇÃO

"É mais difícil dominar a língua,
que a dor que a língua pode causar."
Emídio Brasileiro

No dia seguinte, os patrícios se reuniram novamente para suas orgias durante a refeição. Suzana forçava o apetite, chegando sempre atrasada, ao contrário de Otávio, que era um dos primeiros.

Nos corredores, Vitila passou por ela e disse em tom sarcástico:

– Mostraste-me o que sabes fazer, falando-me do carpinteiro. Agora te mostrarei o que sei fazer. – E jogando a vasta cabeleira para trás, adiantou o passo. Aguardou todos se acomodarem e, vestida com roupa de dança, chamou os tocadores de instrumentos musicais que começaram a embalar um ritmo frenético intercalado com algo sensual.

Vitila começou a dançar contorcendo o ventre e movimentando sensualmente os ombros, acompanhando o som dos instrumentos. Todos os presentes ficaram de olhar fixo naquele corpo escultural, principalmente Otávio, que naquela tarde nem dera atenção à esposa.

Suzana comentou ao ouvido de Cláudia:

– Compreendo onde estão os poderes de Vitila... nos quadris.

Cláudia quase não pôde disfarçar o riso, tendo que cobrir os lábios com o leque.

No entanto, algo inusitado aconteceu no fim daquele dia de tormentos silenciosos. Enquanto Otávio e a metade dos homens do pretório roncavam após a ceia, Suzana voltou para os seus aposentos e se surpreendeu ao encontrar Vitila. Os olhos úmidos e as mãos trêmulas denunciavam extrema perturbação. Hilda cochichou ao ouvido de sua senhora:

– Toma cuidado! O que pode querer essa serpente venenosa, além de tecer uma armadilha mortal?

– Não posso negar ajuda a ninguém, nem mesmo a Vitila. Pode ser que ela esteja se arrependendo de nos ter perseguido na rua e de emitir para nós maus pensamentos.

E, dando um passo à frente, falou:

– Assenta-te, minha senhora, e fica à vontade – disse Suzana com reverência, porém estranhando a mudança brusca, já que ela demonstrava bastante felicidade durante o banquete.

– Agradeço por dispor de teu precioso tempo para me atender – falou com voz embargada, sentando-se. – Preferi aguardá-la, pois há maior privacidade. Mas... és capaz de guardar um segredo?

– Claro – falou Suzana também se assentando.

– Não sei por onde começar – disse Vitila, colhendo com um pequenino lenço branco uma lágrima que tencionava cair.

– Comece pelo princípio – falou Suzana.

– Não conheci minha mãe – começou Vitila. – Meu pai criou-me e a meu irmão, que não vejo há muitas décadas. Tornei-me mulher ainda criança, graças aos abusos de meu pai. Saí de casa aos quinze anos e vaguei pelas ruas de Roma. A prostituição foi a saída que encontrei para não morrer de fome. Até que um bondoso homem que atendi me tirou das ruas e hoje é meu marido. Entretanto, muitas angústias rondam minha alma e não consigo ser feliz. Também não suporto a felicidade dos que estão ao meu redor. Como diz o seu povo, devo estar possuída.

Suzana ouvia perplexa aquele relato, resumo de uma vida medíocre e cheia de sofrimentos. Após uma pausa, disse com bondade:

– Estou feliz que abriste teu coração. Agora sei que não tens maldade em tua alma, mas angustiosas recordações.

– Apenas isso tens a me dizer?! – falou Vitila com insubordinação. – O carpinteiro que todos procuram para sanar seus males não tem nenhuma fórmula para arrancar de meu peito tantas mágoas?

Suzana espantou-se e caminhando pelo quarto disse:

– Oh, sim, perdoa-me. Pensei que o detestasses. Mas, eis uma divina oportunidade, porque Jesus sempre tem a palavra correta para nossos dissabores que nada são além de imperfeições da alma sedenta de fé. Ele dá aos seus discípulos o poder de pisar sobre serpentes e escorpiões, bem como sobre toda a força do inimigo, e absolutamente nada lhes causa mal. Mas Ele adverte que ninguém se alegre porque os espíritos se submetem, mas sim porque os nomes estão escritos no céu.

– Ora – obtemperou Vitila –, os magos, os sábios e os feiticeiros não fazem o mesmo?

– Sim, mas o Reino dos Céus é revelado somente aos pequeninos. As coisas da Terra são reveladas aos sábios e eruditos. As coisas do Céu lhes são ocultadas, porque a soberba, o orgulho e a vaidade lhes ofuscam a visão.

– Oh! A vaidade – lamentou Vitila. – Eis a maior desdita de minha alma. Não sou como tu que tens um passado cristalino. Estou fadada aos desejos insanos...

Suzana aproximou-se e, tomando-lhe as mãos entre as suas, falou:

– Senhora, ninguém está fadado ao mal. Os caminhos têm idas e vindas, podes retornar e tomar outra direção. Também eu já estive em situações deprimentes, mas o Filho de Deus disse a muitos: "Vinde a mim todos vós que estais fatigados e sobrecarregados e eu vos aliviarei. Tomai sobre vós o meu jugo e aprendei de mim, que sou manso e humilde de coração, e encontrareis descanso para vossas almas. Porque o meu jugo é suave e o meu fardo, leve".[1] A partir de hoje poderás renascer em espírito, se modificares teus pensamentos e tuas ações. Serás julgada segundo teus atos e tuas palavras. O fruto bom vem da árvore boa e o fruto mau vem da árvore má. Se acumulas nos teus dias pensamentos bons, só palavras boas sairão de tua boca e assim serás respeitada pelos que contigo convivem.

– Atento para tuas palavras – disse Vitila –, mas ainda creio que Júpiter, Vênus, Juno e os outros deuses são maiores que qualquer mortal. E quem ousa desafiá-los, perecerá duramente.

---

[1] *Mateus, 11:28-30*

– Os deuses são criações dos homens – esclareceu Suzana –, elaboradas pelas mãos e pela imaginação do artista. Não há sentido em orar diante de um pedaço de pedra dura, a qual o escultor desistiu de fazer um vaso e por isso surgiu tal imagem. Como podes entregar teus desejos, temores e a tua própria vida ao mármore ou ao bronze, nos quais os pássaros haverão de depositar neles suas sujeiras? É pelo Espírito de Deus que Jesus liberta, ensina, cura e ama. E contra o Espírito Santo ninguém pode falar. Quem não está com Ele, está contra Ele...

De repente, foi como se Vitila despertasse de um sono profundo. Levantou-se, secou as lágrimas e tornou-se agressiva:

– Perdi meu tempo. O que disse sobre meu passado deve ser esquecido sob pena de pagares com a tua vida se o revelares. Não penses que porque te procurei num momento de fraqueza sou tua amiga, pois não sou. Não preciso da misericórdia de ninguém. Tenho tudo o que preciso. Entendes?

Estupefata diante daquela mudança brusca, a jovem respondeu:

– Não temas, teu segredo está seguro.

Ao sair, Vitila esbarrou-se em Hilda que estava de espreita na porta.

– Esta mulher é muito estranha – comentou Suzana. – E tem um coração empedernido pelas vicissitudes da vida. Carece de orações.

– Não dês as costas a essa víbora – falou Hilda –, porque ela procura pontos fracos para melhor penetrar seu veneno. Ela deseja que declares ser contra os deuses romanos a fim de condenar-te.

– Sinto pena – disse Suzana –, porque há também judeus que pensam da mesma forma, mas dá outros nomes aos seus confusos pensamentos. Os homens gostam de mentir para si mesmos. Fazem de Deus um ser vingativo, ciumento e injusto, enfim, repleto de deficiências humanas. Por outro lado, endeusa outros homens, fazendo deles seres imortais com poder de vida e morte. Felizmente, todos têm dentro de si uma centelha divina que força alguma poderá destruir, porque vem de Deus.

Hilda, porém, não ficou satisfeita e falou;

– Quando entramos, pensei tê-la visto mexendo em tuas coisas!

– É verdade – disse Suzana –, parecia estar procurando algo.

Elas não sabiam que Vitila procurava o diamante.

A ESCRAVA

"Não abandoneis ninguém nos portões do desamor."
Emídio Brasileiro

Transcorridos alguns dias após a visita inesperada de Vitila, Suzana ausentou-se do pretório juntamente com Cláudia. Após receberem notícias do meigo Rabi, as duas mulheres passaram pela portinhola dos escravos, como faziam de costume.

Naqueles dias Vitila via-se obrigada a se manter em seus aposentos, cuidando pessoalmente do sexagenário esposo. Antônius havia sentido fortes dores no peito e precisava de repouso. Para evitar qualquer censura, Vitila quis se fazer de abnegada esposa e manteve-se junto ao marido até que ele se restabelecesse.

Quando Suzana e Cláudia retornavam da rua e já se aproximavam da ala dos servos, ouviram gritos.

No átrio dos martírios, jazia ao tronco e aos prantos uma jovem escrava de não mais de quinze anos de idade, recebendo desumanas chicotadas de um verdugo.

– Que fez essa pobre criatura para receber tal tratamento? – perguntou Suzana, mantendo-se à distância.

Cláudia respondeu:

– Com certeza é Vitila castigando suas servas. Ela se contenta com tudo o que possa causar sofrimento a esses pobres infelizes. Qualquer motivo é razão para crueldades, croques, puxões de orelha, sacolejo, beliscões, pontapés e safanões. Para ela, há prazer e diversão em causar dor física e angústia moral. Principalmente nesta jovem.

– Será que não há fibras em sua alma? – perguntou Suzana.

– De alguma forma sim – respondeu Cláudia –, pois vez ou outra oferece sacrifícios aos deuses e sai de lá aliviada pensando estar fazendo favor em lapidar essa pobre gente.

– Irei retirar a pobre escrava do castigo – falou Suzana, seguindo um impulso.

Cláudia segurou-a e disse:

– Silencia-te até que retiremos este disfarce.

Cada uma foi até seus aposentos e trocaram as vestes simples. Cláudia, porém, fora avisada por sua serva que seu marido a procurava. E ela foi ter com ele. Suzana chegou correndo e com a respiração ofegante solicitou ao algoz que soltasse a escrava para que pudesse curar suas feridas. Mas ele disse com voz gelada:

– Recebi ordens para executar quarenta chibatadas e se não as cumprir, eu é que estarei no lugar dela.

– Que absurdo! Quem ordenou tal crueldade?

O soldado silenciou. Mas, uma voz irritadiça estalou:

– Fui eu, por quê? Que tens tu a ver com as minhas decisões com os meus escravos?

Suzana voltou-se e viu Vitila. Em tom de rogativa, falou:

– Vitila, tem misericórdia desta jovem que nada faz além de te servir com submissão! Ordena que a liberte, eu te peço.

– Esta menina é uma desastrada. Não faz nada certo. Enquanto cuido de meu marido moribundo, esta insolente não é capaz de me levar uma refeição, sem que não deixe cair algum alimento. Só de olhar para ela, já começa a berrar, treme continuamente e isso me irrita.

– Ela teme tuas represálias que são sempre severas – argumentou Suzana.

E com fingida bondade, Vitila proferiu:

– Gente medíocre, de mente débil. Muitas vezes ordenei que fizessem sacrifícios a Janus[1] para que trouxesse saúde e vida nova a esta casa, mas eles se negam. Agora tenho que manter vigília a favor de um enfermo.

Suzana aproximou-se e falou quase ao ouvido de Vitila:

– Como pretendes que esses miseráveis cultuem aquilo em que nem tu acreditas realmente?

Vitila corou e falou com sarcasmo:

– Não pedi tua opinião. Quando a pedir tu me darás e então verei o que posso aproveitar.

A jovem de Tiberíades suspirou e lembrou-se das recomendações preciosas de Jesus quando disse para não dar o que é santo aos cães, nem atirar pérolas aos porcos, para que não suceda que as pisem e ainda queiram morder quem as deu.

Enquanto Suzana assim pensava, Vitila tece sua trama diabólica. Olhou sinistramente para a escrava e para os outros servos que se aproximavam e falou para Suzana com trabalhado cinismo:

– Já que insistes e, para que não penses que sou cruel, mandarei libertá-la! Mas não a quero mais a meus serviços. Podes ficar com ela e verás que não vale o que come... Ah! Em troca quero tua velha serva. Vê – falou em voz alta olhando para todos –, trocarei uma jovem escrava por uma velha imprestável.

Suzana percebendo a sinistra intenção de Vitila em separá-la de sua fiel servidora e protetora, disse calmamente:

– Hilda não é minha escrava. Foi alforriada há muitos anos. Ela me serve por amor.

– Entendo! – disse Vitila com sarcasmo. – Por não teres escravos, demonstras interesses pelos meus. Pois continuarei tratando-os como bem entendo que devem ser tratados.

A jovem, vendo que se não aceitasse a troca, Vitila terminaria por matar a pobre escrava, entristeceu-se profundamente, mas falou:

– Rendes fervorosas orações ao teu deus e não tens sensibilidade para perceber a voz aflita de teu semelhante que necessita de compai-

---

[1] *Janus; um dos maiores deuses da primitiva religião romana.*

xão. As palavras de tua boca serão amaldiçoadas. O que Deus vê é o amor e não a tagarelice fútil...

Vitila enrugou o nariz e elevou o lábio superior em sinal de desprezo às palavras de Suzana, dizendo ao carrasco:

– Soltem-na. Está feita a troca. Mandem a velha aos meus aposentos imediatamente.

E saiu a passos largos.

Ao desamarrar as mãos da escrava, outros que estavam à distância vieram ajudar, mas mal tiveram como ampará-la, pois por todo seu corpo escorria sangue proveniente das pontas do chicote.

Suzana, então, comentou:

– Que ato cruel e desumano! Isso é indigno até mesmo para os animais.

De repente, percebeu que todos os trabalhadores do palácio, entre guardas, soldados e escravos pararam para assistir àquela cena. Levou a jovem escrava para a cozinha e com umas toalhas embebidas em água lavou as incontáveis feridas formadas em seu corpo frágil e jovem. A moça recebia os cuidados em silêncio, talvez por não saber como reagir diante de uma atitude tão incomum, já que o comum era punir os escravos por atos ínfimos. Após lhe aplicar bálsamo à base de óleo e ervas, a jovem adormeceu. A mãe da menina, que a tudo observava, aproximou-se e começou a beijar os pés de Suzana. Colocando os joelhos no chão, levantou os braços para o céu e em voz alta, começou a proferir uma prece de agradecimento a Júpiter, por alguém ter tido compaixão para com sua desafortunada filha.

Suzana silenciou e respeitou aquela família. Saindo em seguida, foi banhar-se.

No final daquele dia, a escrava surrada foi procurá-la e, apresentando-se ainda com fortes dores, disse com reverência:

– Nobre senhora, meu nome é Diná. Estarei ao teu serviço de hoje em diante e serei fiel a ti com a minha vida.

– Sê bem-vinda – disse Suzana –, mas tens a tua liberdade. Não tenho escravos. Os que me servem não são minha propriedade.

– Oh! Senhora – ajoelhou-se a jovem –, tua bondade é única e confesso-te um segredo...

– Que segredo? Podes dizer sem temor.

– Há rumores entre os servos de que segues Jesus de Nazaré, o que cura a muitos. É verdade?

– Sim, e isso não escondo de ninguém.

– Pois bem! Gostaria também de poder ouvi-lo. Meus senhores queriam me obrigar a adorar os deuses, mas não vejo vida neles...

– Tens razão. A oração é algo íntimo e não deve ser hipócrita nem cheia de palavras, deve vir do coração.

A jovem olhou-a com os olhos úmidos e falou:

– Rogo-te, nobre senhora, que me ensines a orar do mesmo modo que outros seguidores do carpinteiro, esse profeta que veio dos mais altos Céus.

Suzana mirou aqueles olhos ainda de criança e falou com emoção:

– Antes da oração é preciso estar em paz com os irmãos. Depois fecha-te em lugar discreto e põe-te em estado de gratidão ante o Pai. Jesus ensinou aos seus discípulos a seguinte oração: "Pai nosso que estás no Céu, santificado seja o teu nome. Venha a nós o teu Reino, seja feita a tua vontade assim na Terra como no Céu. O pão nosso de cada dia dá-nos hoje e sempre. Perdoa-nos as nossas dívidas assim como perdoamos aos nossos devedores. E não nos deixes cair em tentação, mas livra-nos do mal. Pois teu é o reino, o poder e a glória para sempre. Amém."[2]

– Assim dizendo – perguntou Diná –, devo perdoar a Vitila por todos os males que me fez?

– É exatamente isso – disse Suzana. – Como queres que o Pai te perdoe se tu não perdoas a quem te feriu?

– Mas eu não feri ninguém! – exclamou a escrava.

– Quem o sabe? O Pai vê tudo, até o que é feito em lugar mais isolado e secreto, até os pensamentos são medidos e pesados por Deus.

A jovem fez um olhar de espanto e expressou um leve sorriso, demonstrando ter compreendido.

Silenciaram-se por um instante e a nova serva disse com extrema maturidade:

---

[2] *Mateus, 6:9-13*

– Tal ensinamento jamais poderia ser pronunciado por alguém que não estivesse com Deus, o Criador do Céu e da Terra! A partir de agora tudo farei para seguir e praticar os ensinos de Jesus...

Aquela conversa amiga foi interrompida por batidas na porta. Era uma serva de Cláudia que anunciava sua chegada. Suzana recebeu-a com alegria. Cláudia porém tinha o semblante preocupado. Ela disse:

– Minha amiga, temo por tua segurança. Não deposites confiança em Vitila.

– Não a temo – disse Suzana. Como poderia suportar ver uma garota tão jovem ser surrada tão brutalmente por motivos tão fúteis?

– Concordo contigo – disse Cláudia –, mas venho despedir-me, pois meu pai está convalescendo em Roma. O mago Emir está acostumado a cuidar também das enfermidade da nossa família. Ele sempre nos anima com otimismo. Permanecerei com meu pai por algumas semanas, até que melhore ou...

Suzana segurou as mãos da valorosa amiga e falou com carinho:

– Vai, sem demora. Estarei bem. Tuas atenções serão vitais ao teu adorado pai. Já não podes temer a morte se tens a certeza da Vida Eterna. Estarei orando por ele e por ti.

As duas se abraçaram e se despediram.

Ao cair a noite, já bem tarde, um vulto adentrava um quarto esquecido do pretório. Logo depois, um outro passava pela mesma porta. Tais personagens costumavam utilizar constantemente aquele refúgio para a satisfação de seus prazeres carnais. Otávio e Vitila permaneciam ali horas a fio, tecendo planos funestos. Após se despirem dos mantos negros que lhes cobriam até a cabeça, descerraram um longo beijo apaixonado, característico da ansiedade dos adúlteros. Vitila aguardou o momento propício para destilar o veneno da maledicência.

– Meu amado, tu sabes mais do que ninguém o quanto prezo nossos interesses. Mas tua ingênua esposa poderá pôr os nossos planos terra abaixo.

Otávio fez uma expressão de espanto e perguntou:

– Que poderia ela nos fazer, se nada sabe sobre nosso caso?

– Ora, como és tolo, meu querido Otávio. E enroscando-se nele, continuou: – Já estão comentando por todos os cantos que te casaste com uma judia. Além do mais, ela é seguidora do carpinteiro que aglomera o povo com intenções rebeldes de formar um novo reinado contra Roma. Daqui a pouco pensarão que tu também colaboras com tais intentos. Aí será o teu fim.

– Calúnias, minha amada – disse Otávio afastando-se. – Sabes que ainda estou com ela para que, como homem casado, possa angariar a confiança dos homens poderosos e percorrer livremente as paredes do palácio. Bem conheces tu as minhas intenções.

– Terás a tua vingança contra os romanos mais cedo que pensas – disse Vitila.

– Sim – disse Otávio. – Isso ocorrerá quando encontrar aquele que foi a razão da minha desdita e culpado pela morte de minha mãe. Aquele que me pôs no mundo e abandonou-me como um animal rejeita sua cria. Haverei de lhe retalhar todos os membros. Mas, assim que conseguirmos o máximo de riquezas, partiremos a um país distante, onde poderemos viver o nosso amor.

Estiveram por ali por mais uns instantes. Vitila lhe relatara o acontecimento da tarde com maldade nas palavras, colocando Suzana como uma intrusa que prejudicava a reputação do marido ao se aliar aos escravos do palácio.

Otávio se aliara à Vitila para conseguir seu intento doentio: vingar-se de seu genitor, que ainda não sabia quem era, mas estava prestes a descobrir. E Vitila, por sua vez estava interessada em algo que Otávio possuía: o diamante, a jóia de Ramud. Há muito tempo ela havia colocado seus espiões para descobrir com quem estava.

Otávio saiu daquele lugar escuro e foi ao encontro de sua esposa, que estava no quarto, agitada, andando de um lado a outro, sem conseguir dormir, tentando encontrar uma forma de livrar Hilda das mãos tenebrosas de Vitila. Otávio adentrou o aposento abrindo a porta bruscamente e atravessando o recinto, pisando forte, num gesto muito seu. E perguntou ríspido:

– Quem pensas que és? Pretendes desmoralizar-me diante de todos protegendo essa gente que é capaz de apunhalar-te logo que virares as costas? Não conheces Vitila. Ela é capaz das maiores maquinações para destruir quem lhe desagrada e tu declaraste guerra a ela, desacatando-a ante os serviçais.

Suzana estremeceu e pôde imaginar Vitila relatando tudo infantilmente a Otávio.

Assim, obteve forças para dizer:

– Não me importa o que pensem. Não poderia deixar aquela pobre menina ser estraçalhada por causa das frustrações de Vitila. Um cacho de cabelo mal armado, uma pintura menos bela naquele rosto horrendo é motivo para pontapés e alfinetadas sem piedade. Deus sabe o motivo caprichoso que levou essa mulher infame a levar essa filha de Deus a ser amarrada nua e receber incontáveis açoites. Ainda me leva Hilda que me é tão preciosa. Ela já está idosa e não suportará trabalhos pesados. Agora só Jesus pode salvá-la de...

– Pára, mulher louca. Jamais pronuncies esse nome neste lugar ou queres que todos saibam que és uma seguidora desse revolucionário?

Ela disse com energia:

– Isso não me importa, meu senhor. Ter compaixão para com os menos favorecidos é questão de bom senso. E é melhor que eu seja condenada por praticar o bem do que por indiferença ou pela prática do mal. Jesus trata a todos igualmente. Aliás, Ele não perde tempo com gente orgulhosa e soberba como Vitila e tu mesmo. Ainda assim, Ele ordena que amemos ricos ou pobres, orgulhosos ou humildes, simples ou vaidosos, mesquinhos ou caridosos.

E andando de um lado a outro, em estado quase febril, clamou:

– Jesus, Jesus!... Ah! como existe força neste nome. Percebes como até o chão parece abalar-se quando o seu nome é clamado?

Otávio, percebendo os perigos que corria se alguém os escutasse, segurou a esposa. E, tapando-lhe a boca, murmurou:

– Cala-te ou terei que te cortar a língua.

– Não calarei – falou Suzana soltando-se –, pois não desobedecerei a Deus para obedecer a um homem, mesmo que seja meu marido. Não me tornarei uma patrícia miserável e idólatra. Até parece que não conheces a história de Moisés e do nosso povo e nem leste Sócrates e

Platão! Assim como eles, admito um só Deus. E esse Deus ensina que todos nós devemos ser bons e justos. Sinto-me melhor assim. E a alegria verdadeira não é o que vejo nas orgias romanas e pagãs. Após o bacanal fútil, comilanças e bebedeiras vêm a angústia e a frustração. Com Jesus é diferente. A alegria que sentimos ao estarmos com ele é sempre duradoura.

– Não repitas esse nome, já disse – falou Otávio, agitando-se. – As paredes têm ouvidos!

Suzana sentiu-se sufocada por todos os acontecimentos daqueles dias: as implicâncias de Vitila, a constante tensão, a idéia de estar sendo traída. Tantas amarguras lhe solapavam a alma sempre equilibrada e meiga. Uma torrente de emoções terminou por lhe abater as forças e o controle. Então começou a falar mais e mais alto, indiferente a tudo e a todos:

– Jesus! Jesus! Onde estás?

Otávio, apavorado, tomou uma decisão drástica ante a insanidade da esposa. Amarrou-lhe as mãos com uma corda e prendeu-a a uma pilastra.

– O que estás fazendo? – perguntou a jovem desentendendo.

– Quero resguardar-te – falou com a respiração ofegante – de ter o mesmo fim da escrava que livraste do tronco. Direi a todos que estás indisposta e não sairás daqui até que esqueças esse nazareno. E não poderás gritar, pois te atarei a boca.

Após amarrá-la com os braços para trás e atar-lhe a boca com um pano, saiu e trancou a porta.

Suzana caiu em si e percebeu que poderia ter resolvido a situação com mais calma.

Do outro lado da porta ele se encontra com Hilda e pergunta:

– Que queres, mulher, não estás a serviço de outra?

– Sim, meu senhor – falou com reverência –. Vim apenas visitá-la.

– Eu a proíbo – disse com veemência. E ao ver a escrava que se aproximava com uma bandeja, ordenou:

– Ninguém poderá incomodá-la. Volte com esta bandeja.

E olhando para o guarda que estavam à porta, ordenou também:

– Se permitires que alguém além de mim entre neste quarto, pagarás com a vida.

E lançou um olhar fulminante à Hilda.

Mas Hilda respondeu, humildemente:

– As atitudes de um esposo para com sua mulher não são discutidas, meu senhor.

Hilda retornou ao refeitório e recostou a cabeça na parede, profundamente consternada. Orando em voz baixa proferiu:

– Oh! Deus de Israel, permita que a dor não alcance o coração de tua filha. Faz destes instantes de aflição momentos para jejum e oração, dois elementos essenciais para fortalecer a alma enfraquecida. Talvez, se ela estivesse fortalecida, não o teria irritado, e sim acalmado-o com seus bondosos pensamentos...

Nesse instante surge uma voz irritadiça:

– Serva imprestável! – bradou Vitila. – Há horas aguardo meu banho ser preparado, pois morro sufocada com esse calor e com o cheiro maldito desta cidade. No entanto, plantas-te aí como um cão preguiçoso... vamos... aja... rápido.

Hilda olhou-a nos olhos e encontrou duas chamas flamejantes. Abaixou a cabeça e tomou a direção dos potes de água que ali estavam. Tomou um com muito esforço e num gesto impensado partiu em direção a Vitila, arremessando-lhe toda a água fria que estava dentro. E diante das gargalhadas dos outros escravos que ali estavam, Hilda falou:

– Teu banho já está pronto... senhora.

Vitila, toda encharcada e encolerizada, gritou:

– Guardas! Cinqüenta chibatadas nesta atrevida. Oh, nunca fui tão humilhada.

Diná, que estava por perto, prostrou-se aos pés de Vitila e rogou:

– Piedade, senhora, sabes que será a morte para ela, não poderá suportar tantas dores. Está muito velha. Rogo que me coloques em seu lugar...

Impiedosa, Vitila respondeu:

– Nada mais tenho contigo, infeliz. Saia do meu caminho antes que te faça pior.

Diná correu a implorar aos pés de Otávio que intercedesse a fim de poupar a vida de Hilda. Mas ele não se encontrava mais no pretório.

Quando a jovem escrava retornou, Hilda já estava amarrada e recebendo as chicotadas. Nenhum grito saiu de sua boca. As lágrimas porém rolavam na face enrugada. Os cabelos quase todos embranquecidos cobriam parte das costas ensangüentadas.

Após completar as cinqüenta, os escravos correram a retirá-la do suplício.

A respiração estava fraca. Mas Hilda, num grande esforço, tentava dizer algo:

– Não te esforces – falou Diná –, cuidaremos de ti.

Hilda, encontrando forças em seu esvaecer, conseguiu sussurrar:

– Cuida de Suzana, é um anjo do céu...

– Descansa – insistiu Diná.

– Tolices e mais tolices – delirou Hilda – são as nossas atitudes... Passamos a vida inteira cometendo tolices. Uma ontem, outra hoje... meu gênio nunca foi bom, mas pensava que merecia o Reino dos Céus... porque amava a Deus. Agora, vejo que chegou a minha hora, vou para Ele e percebo que nunca o amei.

– Não fales assim – disse Diná chorando. – És generosa e justa.

– Enganas-te – falou Hilda num último suspiro. – Se não sou capaz de amar meus inimigos, como haverei de amar o próximo? E se não amo a criação, como haverei de amar o Criador, que é Deus, o meu pai querido.

E expirou nos braços da adolescente que se banhava em pranto. Imaginando o quanto Suzana se entristeceria, olhou para a mãe e perguntou soluçando:

– E agora, que haveremos de dizer à minha senhorinha?

A mulher, cobrindo o rosto da falecida, falou:

– Vamos poupá-la de tais dissabores. Por enquanto, cuidemos que haja enterro digno para esta pobre mulher, que ousou desafiar a víbora do palácio.

A FUGA

"Dificilmente alguém escolhe o melhor caminho sem que algum dia não tenha se cansado dos descaminhos."
Emídio Brasileiro

Dois dias se passaram e apenas Otávio adentrava em seus aposentos, onde Suzana se encontrava. Durante duas vezes ao dia levava as refeições para a esposa.

No entanto, as angustiosas sensações daqueles dias deixaram Suzana sem apetite, além das preocupações com o fato de pensar no que poderia acontecer com Hilda a serviço de Vitila. Seu coração lhe avisava, mas não lhe dava certeza. A fraqueza então abateu-se em seu frágil organismo. O soldado que Otávio colocara para guardar os seus aposentos impedia qualquer contato. E Otávio desconversava, quando ela lhe perguntava sobre Hilda.

Entretanto, algo fulminou-lhe o que restava das forças. Não eram todas as noites que Otávio dormia em seus aposentos. Certa noite, chegou na última hora da madrugada e Suzana pôde ouvir algumas risadas pelo corredor. Eram de Otávio e de Vitila. Suas desconfianças estavam agora fundadas. E pôde compreender tudo.

Na manhã seguinte, Otávio percebeu que sua esposa definhava. Então soltou-a e colocou-a no leito quando foi questionado por Suzana:

– Há algo que não compreendo. Por que insistes em continuar tendo-me ao teu lado se não me vês como esposa, mas como prisioneira pacífica que enfraquece a cada dia? É possível uma mulher estar casada e sentir-se mais só do que quando era solteira? Minha capacidade de perdão e de paciência estão sendo testadas?

– Jamais compreenderás minhas intenções – respondeu Otávio. – Aliás, ninguém compreende. Todos querem me abandonar, de um jeito ou de outro.

Suzana começava a compreender o rancor que seu marido trazia consigo durante toda a vida:

– Jamais perdoaste teu genitor, e isso corrói tua alma.

E sem dizer uma palavra, ele saiu novamente trancando a porta.

Os dias se passaram e ela mal podia mover-se no leito em que recostava. Suas forças haviam se esgotado.

Entretanto, algo a surpreendeu. Em uma das inúmeras refeições que Otávio lhe trouxera, mas que ela quase sempre rejeitava, encontrou minúsculo pergaminho. Abriu-o e pôde ler o que estava escrito em latim:

"De todas as mulheres imbecis que conheci, tu és a maior. Um asno pensa mais que tu. Teu marido coabita com metade das mulheres do palácio e nenhuma jamais engravidou. Pensas que és tu a estéril? Tolinha!... "

Aquelas palavras atingiram-na tal qual um punhal envenenado. Ficou perplexa, mas adquiriu forças para continuar lendo:

"Se quiseres sair do cárcere, atrasarei a troca dos vigilantes na última hora do dia. Então, encontrarás um guarda de confiança para te guiar para fora do palácio, em segurança. Se ficares aí, morrerás. Não tens outra saída senão fugir".

O bilhete vinha sem identificação. Suzana imaginou ser de Vitila. De qualquer forma, preferiu arriscar. Elevou uma prece fervorosa ao Céu rogando amparo e proteção.

Diná, que todos os dias ficava à espreita procurando uma maneira de se comunicar com Suzana, mantinha-se sempre à distância, mas próxima à porta do quarto da jovem senhora. Enquanto Vitila traçava seu plano, a corajosa adolescente, em sua vibrante vontade de retribuir aquela que salvara sua vida, também traçava o seu, sem saber o que se passava.

Naquela noite, aguardou a escuridão tornar tudo invisível e escalou as paredes do pretório, indo alcançar a janela de Suzana, onde sussurrou:

– Psiu, senhora!

Suzana, que estava só, moveu a cabeça e perguntou:

– Quem está aí?

– Sou eu, Diná, senhora – respondeu a menina. – Ouve com atenção: tenho planos de tirá-la daí... – Interrompeu a fala quando percebeu o quanto Suzana estava abatida – Mas, estás muito fraca...

A jovem pensou um pouco e falou animada:

– Já sei. À ultima hora do dia retornarei para te guiar. Agora deves restabelecer as forças físicas. Descansa, pois uma grande jornada te espera.

E saiu, deixando Suzana um pouco confusa, mas decidida a se alimentar bem no dia seguinte e confiar na providência divina.

Mas para Vitila, seu plano era infalível. Não poderia esperar mais. Era ali que Otávio guardava a jóia de Ramud. Ela tentara roubá-la muitas vezes e Suzana estava sempre em seu caminho. Agora, com o quarto livre, poderia procurá-la. Chamou a si um guarda de confiança e ordenou:

– Prepara-te. Quando ela sair da cidade, deves matá-la. E não te esqueças: livra-te do corpo. Otávio pensará que sua amada sofredora fugiu para sempre. Então, ele jamais a encontrará. E não retornes sem a certeza de que essa mulher não mais vive. Serás bem recompensado.

E sorriu sinistramente.

Como previsto, no meio da noite houve a troca da guarda. Suzana cobriu-se com um manto negro e rapidamente tomou o imenso corredor até chegar a escadaria de serviço.

Antes que abrisse a porta, Diná surgiu e acenou, chamando-a rapidamente para outra passagem. Utilizariam uma saída secreta que apenas os escravos conheciam. Driblando os guardas, Suzana passou pela estreita passagem e caminhou por um túnel fétido, que parecia interminável, até chegar a um pequeno arvoredo. Ali a aguardava um cavalo e roupas de lã.

– Daqui retornarei – disse Diná –, para não levantar suspeitas. Deus te acompanhe, minha bondosa senhora.

Suzana parou e perguntou:

– Mas, e Hilda? Devo levá-la. Onde ela está?

Diná entristeceu-se e falou:

– Está junto a teu Deus, graças às maldades terríveis de Vitila. Agora vai, antes que te aconteça o mesmo. Suas últimas palavras foram para que cuidássemos da senhora.

– Oh, criatura abominável, como temia que isso acontecesse à pobre Hilda – pranteou a jovem contendo as lágrimas de desgosto. – Nunca disse a ela que a amava.

– Vai, minha senhorinha.

– Grata te sou para sempre, querida Diná – disse Suzana despedindo-se.

– Tenho que ir – disse Diná puxando o cavalo. – Este animal está habituado ao caminho que deverás tomar, pois sempre leva mantimentos para lá.

Após algumas horas de cavalgada, Suzana chegou a um vale próximo a Betshean, onde se refugiavam inúmeros leprosos. Ao perceber onde estava, foi tomada de extremo pavor. Mas falou para si:

– Que garota esperta! Neste lugar estarei mais protegida que junto aos poderosos, pois aqui, nem os guardas, nem Otávio ousarão procurar-me.

Suzana apeou e adentrou em uma das cavernas. Tomada por profundo cansaço, mal pôde olhar para os lados. Deitou desfalecida, caindo logo em sono profundo. O cavalo retornou sozinho.

Enquanto isso, no palácio, Vitila já havia revistado todos os cantos do quarto e não encontrou o diamante. Retornou para o quanto onde costumava passar algumas noites com Otávio, revistou as roupas, mas nada encontrou. Então, deitou-se febril e fingiu nada acontecer.

No dia seguinte, abrindo as portas do quarto, Otávio olhou por todos os cantos e ninguém encontrou. Saiu desesperado pelos corredores, salões e pátios atrás de sua refém.

– Guardas! – gritou por fim. – Procurai minha mulher em todos os cantos, em cada cômodo! Reservai um destacamento de soldados e vasculhai a cidade inteira. Se necessário romper as fronteiras, que assim seja feito!

Após horas de procura em vão, Otávio colocou as mãos sobre o rosto ante as respostas negativas dos guardas e bradou:

– Por todos os deuses, não a deixem sair da cidade. Oh! Minha amada!

Depois, caindo em si, percebeu o que havia provocado e viu atrás de si, Vitila, que o observava com ódio:

– Então amas essa adúltera, que ama mais ao tal Jesus que a ti! – falou em tom sarcástico.

– Sim. E amo Suzana mais que a ti, que me enfeitiçaste com tuas seduções!

Otávio deixou Vitília encolerizada e, chamando um rapazote cuja argola na orelha denotava sua condição de escravo, fechou-se no quarto.

– Prepara-me um banho. Antes traze-me, sem demora, o melhor tinto.

Logo que o banho foi preparado, Otávio despiu-se e sorvendo o vinho, retirou da pequena bolsa o diamante. Olhando-o disse a si mesmo: – Ah! Quem haveria de ter maiores poderes? Tu, a mais cobiçada das jóias, o grande Júpiter ou o carpinteiro? Quisera discernir entre o que meus olhos vêem, a minha razão determina e meus confusos sentimentos ordenam.

Ao amanhecer, o sol banhava com seus raios brilhante as rústicas pedras do Vale formado por uma coleção de cavernas e casebres paupérrimos. Aos poucos, o calor despertava os sofridos moradores daquele lugar esquecido e evitado. Às primeiras horas da manhã, alguns homens desciam pela encosta do vale, com a ajuda de uma corda, sacos de pães e algumas verduras. Era o escasso alimento que o grupo recebia. Assim que despertou, Suzana pôde observar que aquela gente estava resignada com a situação. A cabeça ainda girava devido às tensões da noite.

Ouviu alguns passos e retraiu-se. Na entrada da pequena gruta, surgiu a figura de uma senhora de meia idade, envolvida dos pés à cabeça por um hábito acinzentado e paupérrimo, provavelmente cobrindo as chagas terríveis da lepra. Ao perceber o vulto feminino ali encolhido, parou e inclinou-se para examiná-la. Como Suzana temia ser reconhecida, arrastou-se para a parede de pedra e cobrindo bem o rosto deu sinal que não queria ser vista.

A mulher saiu e em poucos minutos retornou e aproximou-se trazendo uma tigela com água e alguns pães que depositou ao seu lado. Sentou-se ao seu lado e ficou a olhá-la em silêncio.

Suzana aceitou e agradeceu com um balançar da cabeça. Então a mulher levantou-se e saiu. Uma hora depois, Suzana ainda permanecia no mesmo lugar, temendo que fosse reconhecida e denunciada. Após alguns instantes, a mesma mulher retornou e sentou-se novamente ao seu lado e perguntou-lhe:

– Quem és e porque vieste parar aqui? Estás doente como nós outros?

Suzana rompeu o silêncio, dizendo:

– Não estou doente – e descobriu o rosto para que fosse vista.

A mulher afastou-se imediatamente e disse com rispidez:

– Estúpida, o que pretendes? Vai-te embora daqui ou logo estarás como nós.

– Não compreendes! – falou Suzana, segurando-a pela mão. – Volta para cá e eu te contarei o que me faz arriscar a vida para aqui permanecer. Assenta-te e tudo saberás.

Ela retornou um tanto amedrontada.

– Qual o teu nome, senhora? – perguntou a jovem.

– Aqui não temos nomes – ela respondeu.

Suzana desconcertou-se, mas falou:

– Perdoa-me a curiosidade. Então não poderei dizer porque estou aqui, se não houver confiança entre nós.

– Meu nome é Isra, mas prometes não o revelar a ninguém?

– Prometo – respondeu animada. – Eu sou Suzana, de Tiberíades.

– De Tiberíades?! – saltou novamente para trás a mulher.

– Sim – continuou a jovem. – Não tive outra escolha senão esconder-me neste lugar, pois meu marido aliou-se a uma mulher perigosa que tencionava tirar-me a vida por motivos estranhos aos meus conhecimentos, talvez para facilitar sua vida com meu esposo. Felizmente fui trazida por alguém, para que minha vida fosse salva.

E continuou, após uma breve pausa:

– Há quase dois anos minha vida sofreu graves transformações. Umas para melhor, outras para pior. Meus pais morreram quando eu ainda era criança. Então fui criada por servos e fariseus. Há pouco tempo, convivi com duas pessoas totalmente opostas. Um, o mais maravilhoso dos mortais; o outro, o mais egoísta. Um, prega o perdão; o outro, a vingança com as próprias mãos. Um representa a paz e a autoridade; o outro traz nas veias a sede de guerra e do domínio dos mais fracos; um prega a igualdade; o outro valoriza a posição de poder mais do que a própria vida. Assim são os dois homens que amo. Um é Jesus; o outro é meu esposo Otávio... que na verdade é Órion.

– Quem? – ela perguntou novamente assustada.

– Órion, de Tiberíades. Conheces?! – perguntou, temendo denúncias, mas a mulher saiu rapidamente. Suzana acompanhou-a ao fundo da caverna. A mulher não mais quis conversar, mas Suzana insistiu:

– Falei algo que não devia? Espera...

– Vai embora – sussurrou a mulher.

Suzana voltou ao lugar onde estava e ficou pensativa. Algo a impressionava. De repente, ela deixou-se tomar por um novo impulso e foi falar novamente com a leprosa:

– É isso mesmo. Apesar das deformidades, percebo que teu rosto não me é estranho e és muito semelhante a ele. És por acaso parente dele? Dize-me...

Ela virou-se aos prantos e sentando-se em uma das pedras que ali estavam relatou-lhe sua história amarga:

– Há quase trinta anos, quando a juventude presenteava-me com a beleza e o encanto, vivia feliz com minha família. Até que, movida pela paixão, deixei-me levar pelas palavras galanteadoras de um soldado romano que insistia em me levar para Roma, com promessas de uma vida melhor. Antes que isso acontecesse, nossa união foi perseguida por meu irmão que era mais velho e totalmente avesso aos romanos. Um dos nossos encontros às escondidas resultou na gestação de um filho. A partir de então, descobri que não era amor que aquele romano sentia por mim. Meu irmão o perseguiu e acho que o matou, porque ele nunca mais retornou. Minha mãe não suportou o desgosto. Mudei-me, para não ser apedrejada. E como serva de uma família abastada, criei meu filho sozinha, sem saber o que me esperava. Passei por um período calmo, mas de muito trabalho. Dezoito anos se passaram e este corpo fraco e cansado não tinha mais forças. Entretanto, eu tinha meu filho e ele pensava que seu pai era um galileu que havia morrido em combate. Caí doente e de cama. Temendo a morte em um velho casebre, pensei em meu filho e em seu futuro. Confirmei-lhe toda a verdade sobre seu verdadeiro pai. Sem querer, plantei a revolta em seu coração e ele, então, jurou vingança contra os romanos.

Abandonou-me à própria sorte, mas o arrependimento deu-me forças para reagir e ir atrás dele para lhe tirar o pensamento de vingança. Mas ele estava longe e meu corpo já bastante fraco. Fui acometida por feridas que foram piorando, até que me trouxeram para cá. Meu filho se chama Órion e tornou-se soldado romano com o único intuito de chegar ao topo e depois destruir a todos. Ele é tal qual o pai: consegue o que quer. Agora meus olhos vêem que a alegria de sua infância aliou-se a uma tragédia familiar. E és justamente tu, Suzana, a criança adorada de meu filho ingrato. Oh! Como ele falava de ti antes de partir, mas o ódio foi maior que o amor. Segue o teu caminho e deixa esta velha terminar os seus dias sem atrozes lembranças.

– Jesus é diferente de todos os profetas que surgiram na Terra – disse Suzana. – Todo profeta é reconhecido pelos sinais e por suas revelações, mas Jesus, além dos sinais de curas e prodígios, Ele anda com os pobres e ensina que devemos amar os inimigos. O objetivo de suas curas é a reforma do coração e esta já começou a acontecer contigo. O que importa é o que serás de hoje em diante.

– É – refletiu Isra –, esse Jesus parece realmente ser o Messias.

– Ele é o Messias – afirmou a jovem convicta. – É incrível, mas em momento algum Jesus fez alarme com seus prodígios, ao contrário, geralmente chama o enfermo à parte da multidão e cura de acordo com a fé do necessitado. Muitas curas físicas têm sentido espiritual; a maioria das curas é para testemunho; pede que não digam nada a ninguém; cura os presentes e à distância; enquanto cura é capaz de ler pensamentos e utiliza vários tipos de fluidos para curar, inclusive os invisíveis. Mesmo assim, ainda há os fariseus que dizem que Ele recebe poderes pelo chefe dos demônios!

Isra animou-se e disse:

– Vamos agora mesmo até esse profeta.

Caminharam bastante e conversaram como se fossem antigas companheiras. A fome já lhes retirava as reservas orgânicas. Pararam um pouco à sombra de uma árvore. Pouco tempo depois, passou por ali a caravana de Sicar. Após o encontro emocionado com o velho amigo, Suzana pediu-lhe alimento. Ele forneceu-lhes comida e lhes narrou tristes notícias do Mestre:

– Mesmo sem a permissão do Imperador, Herodes ofereceu mil libras de prata e cem de ouro em troca do profeta da Galiléia. Na verdade, ele o quer vivo, pois tem curiosidade em interrogá-lo para saber se é João ressuscitado ou se é Elias que veio.

– Jesus e seus discípulos sabem disso? – perguntou Suzana.

– Tanto sabem que Jesus enviou uma resposta terrível aos que lhe contaram os planos de Herodes e eles se calaram quando Jesus chamou o governador de "raposa". E disse que continuaria a curar e expulsar demônios até que terminasse sua obra. Depois se retiraria para Jerusalém.

– Então é para lá que iremos, bondoso senhor –, disse Suzana agradecendo e despedindo-se.

Dali partiram para onde Jesus deveria ir com seus discípulos. Suzana também se mantinha envolvida dos pés a cabeça como se fosse leprosa, temendo ser entregue aos soldados de Otávio. Os transeuntes, porém, repeliam-nas severamente temendo o contágio da lepra.

Após chegarem a um povoado distante de Jerusalém, elas se esconderam e no final do dia uma velha senhora muito bem vestida veio lhes trazer pão e mel.

Suzana agradeceu e perguntou à bondosa anciã se poderiam passar a noite ali com ela.

A mulher respondeu:

– Ficarei feliz em ajudá-las.

– Grata, nobre senhora – falou Suzana.

– Eu é que agradeço – disse a mulher – a oportunidade que tenho em servir. Já sou uma velha e vivi abastada de comida, jóias e todo o luxo que a riqueza pode dar. Mas nunca tive alegria em meu coração, nem paz em minha alma. Mas depois que ouvi Jesus dizer que todo aquele que se exalta será humilhado e todo o que se humilha será exaltado e, que, muitos são os chamados, mas poucos são os escolhidos, minha vida modificou-se. Agora posso sentir a verdadeira felicidade, porque fui chamada e quero ser também escolhida por Deus.

Suzana e Isra se emocionaram com o depoimento daquela senhora. Ali descansaram e no dia seguinte despediram-se com um suave sorriso e partiram.

Acompanharam Jesus à distância por alguns dias e então se separaram do grupo. Isra não se sentia completamente limpa de coração para rogar a Jesus que a curasse. Entretanto, enquanto caminhavam e falavam exatamente sobre este "purificar do coração", algo inusitado aconteceu. As chagas e as deformidades do rosto de Isra e de suas mãos foram lentamente desaparecendo, o que as fazia rir de felicidade, mesmo quando estavam em silêncio. Podiam sentir, à distância, o amor de Jesus operar maravilhas. As expressões do rosto de Isra, apesar da idade e dos sofrimentos, tornavam-se mais suaves.

Caminharam, rumo a Hebron, para lá estabelecerem residência segura. Lá ninguém as conhecia e poderiam, com trabalhos domésticos, viver dignamente, longe dos problemas que queriam esquecer.

Entretanto, em meio ao deserto de Judá, acabaram se perdendo e tomaram direção completamente diferente, indo rumo a Massada. Como não era uma rota de comerciantes ou caravaneiros, não puderam dispor de companhia.

No trajeto, Isra comentou temerosa:

– É muito perigoso para duas mulheres fazerem este caminho.

– Não temos outra saída – disse Suzana –. Resta-nos cobrir a cabeça e seguirmos com fé, como se fôssemos dois viajantes peregrinos.

Assim, caminharam durante horas sem perceberem que estavam sendo observadas a distância. Isra comentou novamente olhando para os lados:

– Meu corpo está todo dolorido. Há anos não caminho tanto. Precisamos parar para descansar. Nas sombras daquelas árvores parece seguro.

Suzana estava atenta aos movimentos das aves, das folhas e até do cheiro do vento. Aproximou-se de Isra e disse-lhe em voz baixa:

– Psiu, silêncio. Sente no ar um cheiro diferente?

– Cheiro? Não consigo. O calor é tanto que mal consigo respirar – disse Isra, também falando baixo. – Mas, por que estamos cochichando?

Suzana explicou:

– O cheiro de suor humano que o vento traz. Há notícias que cerca de dez mil homens se escondem nestas colinas e cavernas, vítimas da tirania romana. Os altos impostos trouxeram miséria e morte a muitas famílias. Esses homens revoltosos são procurados por Roma, apontados como bandidos perigosos. E se tornaram criminosos porque vivem de saquear os viajantes.

– Deus de Israel, proteja-nos! – exclamou Isra.

Cobriram o rosto e continuaram em frente. O sol já se punha quando encontraram uma pequena caverna onde puderam fazer uma fogueira e descansar. A noite escura e fria recebia luzes apenas das estrelas do firmamento. No silêncio da noite ouviam-se somente os cantos melancólicos e rouquenhos dos grous.[2]

De repente, ouviram passos que se dirigiam para onde estavam. Suzana chamou Isra junto a si e elaborou um plano, dizendo:

---

[2] *O grou é uma ave de arribação, bem conhecida na Palestina.*

– Se esses homens souberem que somos mulheres, estaremos expostas a toda sorte de abusos. Modifiquemos as nossas vozes e vamos agir tais quais leprosos. Talvez assim o perigo diminua...

Antes que terminasse, ouviu um grito de ataque, o que lhes causou enorme susto.

Num instante, cerca de oito homens enormes e empoeirados saltaram diante de seus olhos assustados, cada um trazendo uma arma diferente na mão.

Quando os homens viram que não houve qualquer reação ficaram sem saber o que fazer. Um deles, ao perceber os trajes paupérrimos, falou:

– Pode vir, chefe. São apenas dois mendigos, mais pobres que nós.

Da escuridão surgiu um jovem de baixa estatura, de barba e cabelos escuros, e uma expressão menos agressiva que os demais. Esse pilheriou:

– Ora, o que temos aqui? Dois príncipes cheios de ouro disfarçados de mendigos?

Modificando a voz, Suzana falou:

– Nada temos, senhor. Sequer carregamos bolsa. A única coisa de valor que carregamos são nossas vidas, mas não valem muito também. Mas, se quiserem, podem se aquecer juntos à nossa fogueira, pois serão bem-vindos.

– Descubram os rostos para sabermos quem sois! – ordenou o líder.

– Não podemos, senhor, ficariam horrorizados com o que a lepra nos causou.

– Lepra! – gritou um homem afastando-se – Leprosos! – gritou outro já se jogando por detrás dos arbustos.

– Não tenham medo, fomos curadas... digo, curados. Ficaram apenas as horríveis marcas.

– Curados?! De lepra? – ironizou o líder. – E pode alguém ficar curado deste terrível mal ?

Suzana respondeu:

– Sim, muitos foram curados também de outros males por Jesus de Nazaré.

– Ah! Sei! – ponderou o homem. – Aquele que multiplica pães e peixes?

– Sim, senhor.

– De que modo Ele fez essa mágica? – perguntou o líder sentando-se no chão.

– Não acreditamos que seja simples mágica – elucidou Suzana. – Ele teve compaixão do povo faminto que se reuniu para ouvir seus ensinamentos. Após falar e curar a todos, Ele pegou sete pães e alguns peixinhos, os únicos que existiam naquele local, deu graças e distribuiu ao povo. Todos comeram e ficaram saciados. Se contassem as pessoas que lá estavam, seria possível constatar que havia mais de quatro mil homens, sem incluir as mulheres e as crianças. E ainda sobraram muitos pães e peixes.

O jovem ouviu muito interessado e perguntou:

– Será que Ele multiplicaria ouro, espadas, escudos e também nos ajudaria a formar um exército para derrotarmos os romanos?

– Oh! Não, senhor – esclareceu Suzana. – Ele apenas multiplica a vida, a paz, o amor, a saúde, a fé, a esperança, a luz e a verdade. Jamais multiplicaria a dor, o sofrimento, a morte, o desespero, a guerra.

O jovem levantou-se, e falou aos seus homens:

– Que dizeis, rapazes? Podemos acolhê-los em nosso esconderijo?

Os homens acenaram com a cabeça positivamente.

– Por que nos levariam senhores? – perguntou Suzana, preocupada.

– Ora, porque é muito perigoso ficar aqui ao relento – disse o líder. – Acompanhai-nos até nosso esconderijo para que vos alimenteis antes de seguirdes viagem... Não aceitamos respostas negativas.

Suzana lançou um olhar para Isra e perceberam que não era sábio irritar aqueles homens que não pareciam perigosos, mas revoltados. Curiosa em saber se haveria mulheres no esconderijo, enquanto se dirigiam para lá, Suzana perguntou ao líder:

– Perdoa-me, senhor, a curiosidade, mas tens família?

– Por que queres saber?

Um tenso silêncio pairou por alguns instantes. Depois, o jovem respondeu, amargurado:

– Todos aqui tiveram irmãos e irmãs, esposa e filhos, mães e pais. Mas todos foram mortos pela ganância de Roma. É a indignação que nos une...

– Sinto muito! – falou a jovem, profundamente entristecida por mais um fruto das atrocidades romanas.

NAS MÃOS DOS REBELDES

"Não espereis o sofrimento e a emoção para entrardes em vosso tabernáculo íntimo. Começai proferindo alguma palavra para com vós mesmos e não demorará o momento de vossa inspiração, levando-vos às profundezas do ser.."
Emídio Brasileiro

Chegaram em silêncio a uma caverna empoeirada. Ao fundo, quando pensaram que era o fim da caverna, havia uma enorme pedra. Esta foi rolada por quatro homens, dando passagem a um túnel iluminado por tochas acesas. Ao final do túnel, divisaram uma escada vertical que ia ao topo da colina, através de uma escavação de baixo para cima, na rocha. Chegaram a uma espécie de salão todo mobiliado com mesas, almofadas para recostar, jarros e, ao lado, um reservatório de água. Um estranho lugar sem saída.

Suzana pensou:

– Com razão, os romanos jamais os encontrariam aqui. Também sair daqui seria impossível a qualquer ser humano comum, pois precisaria de asas.

Seu pensamento foi interrompido pela ordem do líder aos seus homens:

– Água para que nossos convidados possam se banhar.

Isra, de um salto, temendo ser obrigada a descobrir o rosto, apressou-se em falar:

– Se não for incômodo, gostaríamos de fazer as abluções em local reservado... lembrai-vos... as marcas da doença.

– Por que tanta cerimônia, amigos? Não é possível que estejam tão desfigurados. Ou é uma farsa? – falou Josefo, desconfiado.

– Não, senhor – argumentou Suzana –, por amor a Deus, não gostarias de morrer de pavor.

– Pavor! – desdenhou o jovem líder. – Já vi estômagos perfurados, cabeças decepadas e outras coisas mais horrendas que um rosto desfigurado. Agora retirem o lenço ou eu mesmo o farei com minha espada.

– Pois bem – falou Suzana após ponderar uns instantes. – Mas, com uma condição: apenas a ti mostraremos os nossos rostos, para que todos os teus companheiros não percam o sono por nossa causa.

– Que seja. Meus amigos, peço a todos um momento de privacidade.

Eles saíram, mas com semblantes de protesto e de curiosidade.

Suzana já ia descobrir-se, mas pensou melhor e disse:

– Vê primeiro o rosto do meu companheiro e aí decidirás se queres ver também o meu.

Suzana disse isso porque Isra ainda trazia algumas marcas e talvez ele desistisse de querer ver o seu.

– Pelo Deus de Abraão, não permitas que eu perca minha paciência – irritou-se o jovem. – Retira logo o teu manto.

Lentamente, diante dos olhos curiosos do jovem, Suzana retirou o manto que cobria seu rosto. A reação foi a esperada:

– Eu pressentia! – gritou. – Uma mulher!

– Por favor, guarda silêncio – falou Suzana, em tom de súplica.

– Quem és tu? Uma mendiga ou uma princesa? – interrogou Josefo com ironia. – Ou tu és a mulher de algum oficial romano?

Suzana prostrou-se aos pés do rebelde e implorou:

– Não nos faças mal. Somos apenas fugitivas do mesmo modo que todos. Se nos libertares, poderei recompensar-te no futuro.

– Libertá-las? – retrucou. – O que me garante que não são espiãs de Pilatos ou de Herodes, o louco?

– Não, generoso senhor – explicou Suzana. – Se fôssemos traidoras do povo e espiãs dos romanos falaríamos do profeta Jesus com tanta efusão?

– Ora, mulher, existem mais profetas em Israel do que grãos de areia no deserto!

– Acredite – falou com emoção. Ele é o Messias que esperávamos. Jesus não é semelhante aos falsos profetas que chegam a nós "com aparência de ovelhas, mas, intimamente, são lobos vorazes". Nós todos o reconhecemos por causa dos frutos de seus atos e da sabedoria de seus ensinos, porque Ele fala em nome de Deus, nosso Pai.

– Hum, sei! – exprimiu o jovem com dúvida e desconfiança. – Mas, então, o que fazem duas mulheres sozinhas num deserto, sujeitas a tantos perigos?

– O que podemos temer? – perguntou Suzana, olhando-o ousadamente em seus olhos – És um homem perigoso, senhor?

– Não – disse Josefo. Não sou o que pensam que sou. Luto por uma causa justa contra a tirania dos romanos, esses inimigos que querem arrancar-nos a pele para construir seus palácios. Ah! Como os odeio! – E fincou um punhal sobre a mesa.

– O ódio não é um bom guia, senhor – aconselhou a jovem. – Se amamos nossos inimigos, se fazemos o bem aos que nos odeiam, se abençoamos os que nos amaldiçoam e oramos pelos que nos perseguem, demonstramos que somos filhos do mesmo Pai que está nos Céus, que é justo e perfeito, pois trata a todos com igualdade. Se amamos apenas aos que nos amam, não teremos a recompensa que teríamos se fôssemos misericordiosos como o Pai Altíssimo, que faz nascer o Sol e faz chover sobre bons e maus. Como pode alguém ter ou ser inimigo depois de ouvir tais ensinos de Jesus?

O jovem aproximou-se mais e, com as mãos na cintura, disse com indignação:

– Achas que devo beijar os romanos enquanto eles nos apunhalam pelas costas, roubam nossas terras e matam nossas famílias? Não os tenho como inimigos. No entanto, eles nos massacram, e aí precisamos fazer justiça.

– Luta pela justiça – falou Suzana –, mas sem deixar que o rancor e a mágoa tomem conta de tua alma.

– Nada sabes sobre minha alma, mulher. Sequer me conheces! – falou Josefo, com amargura.

Houve um silêncio.

– Senhor, o que temos a temer, se não somos enviadas de Roma? – perguntou a jovem. – Sabes quem somos, agora dize quem és.

– Chamam-nos Zelotas e o meu nome é Josefo. Sou da família dos Kohanim.

Suzana espantou-se, pois já ouvira falar de tal família.

– Ora, então és de família respeitável. Teus parentes são sacerdotes!

– Meus parentes são – respondeu ele, com rispidez –, mas eu prefiro lutar a me submeter hipocritamente a Roma. Poucos da minha parentela sabem que aqui é meu refúgio e se soubesses em que os sacerdotes judeus se tornaram, também manterias tal discrição.

Ela entristeceu-se profundamente ao recordar os últimos dias da vida palaciana, e respondeu:

– Não é necessário dizer-me, senhor, eu sei.

As duas se banharam e, após a refeição muito simples, Josefo falou com os homens do grupo e todos concordaram em colaborar com a permanência das duas mulheres no esconderijo.

– Finalmente – falou um deles, com animação –, teremos alguém para cozinhar. Não suporto mais comer carne com pão!

Josefo retornou para onde elas estavam e voltaram a conversar amistosamente. Ele observava Suzana enquanto ela se alimentava. Então, ele cortou o silêncio:

– És mais corajosa que alguns homens que conheci. Poderás fazer parte do nosso grupo e lutar pela libertação do nosso povo.

Suzana deixou cair o pão que ia levar à boca e falou apreensiva:

– Não senhor, não posso. Sou grata e jamais falarei a alguém sobre este lugar. Deixa-nos sair. Não te preocupes. Teu segredo será guardado.

Josefo olhou-a com admiração e disse:

– Não é necessário que fiques indignada. Cuidarei que sejas conduzida à próxima cidade. Mas, aviso-te que deves evitar viagens longas. Não é seguro para mulheres percorrer esses trajetos dolorosos.

– Somos gratas por mais esta generosidade, senhor – disse Suzana. Acredito que és capaz de entender as razões do nosso desespero ao desejarmos distância dos domínios de Roma. No entanto, ouviste falar dos poderes que Jesus possui para multiplicar coisas, controlar os fenômenos da natureza e aglomerar multidões. Gostarias de ser um verdadeiro, indestrutível e poderoso líder?

Ele animou-se e disse entusiasmado:

– É o que mais quero. Mas como isso é possível?

Suzana concluiu:

– Se queres ser útil a teu povo, preocupa-te com o lado material e o espiritual. Um líder adorado não conquista as batalhas com sangue e ódio, mas com amor e verdade. Jesus nos ensina que devemos despertar para a verdade em todos os instantes de nossa vida. As alegrias e euforias dos prazeres do mundo nenhum valor têm para a Vida Eterna. E feliz é aquele que investiga e realiza, buscando a verdade e dominando a própria ignorância, porque o Onipotente não se importa em ser questionado por homens de boa vontade, mas não ouvirá os arrogantes que persistem nas degradações do vício.

Josefo ouvia-a com atenção. Naquela noite Suzana narrou-lhe muitas parábolas, através das quais procurava passar de forma integral os ensinos de Jesus.

Distante dali, no Pretório, Otávio se rendia aos caprichos de Vitila. Tecendo teias insistentes em seu leito adúltero, seduzia-o completamente, interessada na jóia que sabia estar com seu amante em algum lugar, além de dar vazão aos seus instintos menos dignos. Em sensual diálogo, ela dizia quase súplice:

– Dize-me, meu amado, se teu coração será eternamente fiel aos meus sentimentos. Se não sou digna de servir-te com toda a paixão dos mortais, serei capaz de oferecer aos deuses meu próprio sangue para que saibas que a paixão me devora. Se ainda assim não puderes corresponder-me, permitas que seja eu tua serva.

Otávio olhava-a com aflição, sem saber como se desvencilhar dos olhos magnetizadores daquela mulher que agia tal qual serpente no deserto diante de sua presa. E falou:

– Não sou digno de tais desejos e rogo teu perdão por inspirar-te tais sentimentos. Não te quero como serva ou escrava, nem pelo coração. Teu sexagenário esposo falece a cada dia, com uma enfermidade incurável, e não quero ser responsável pela morte precoce desse velho indigno de ti. Mas ter-te como amiga será honroso para este pobre oficial romano...

A palavra amiga soou aos ouvidos de Vitila com violência. Mas, como não pretendia perdê-lo de vista, hesitou agredi-lo com palavras vãs e mudou de assunto:

– Por falar em oficial romano... sempre quis saber o ponto fraco das invencíveis legiões romanas.

Otávio, muito à vontade, aliviou-se por Vitila ter mudado de assunto, pensou um pouco e respondeu:

– Há uma situação que faz das terríveis legiões romanas uma presa fácil.

– E qual é? – perguntou Vitila com ansiedade.

– Lutar em floresta fechada – revelou Otávio – e em dia de chuva...

– Por quê?

– Ora – prosseguiu Otávio –, por causa das emboscadas e da impossibilidade de usar catapultas, flechas, muralhas humanas móveis... que são as maiores aliadas do exército romano.

Ali permaneceram até o amanhecer. Vitila retornou discretamente ao quarto do marido, recolocando-se silenciosamente em seu leito, onde o antigo general de legiões jazia esparramado entre os travesseiros, sendo consumido pela enfermidade, que insistia em lhe retirar o fôlego.

Enquanto isso, Suzana, Isra e o bando de Josefo se preparavam para mais um dia. Por ficar até tarde contando parábolas e outras histórias ao jovem exaltado, Suzana não conseguia firmar-se ao nascer do sol com a mesma disposição dos outros. Isra cuidava dos primeiros afazeres, para que ela não fosse incomodada.

Os homens saíam e retornavam com mantimentos, às vezes objetos de valor, e notícias dos levantes promovidos contra o exército romano. Naquela noite, Suzana estremeceu ao ver um deles chegando às gargalhadas e contando vantagens sobre a morte súbita de um soldado romano após ataque dos Zelotas a um pequeno grupo. O jovem trazia consigo o capacete e a espada do soldado.

Ela percebeu que eles não estavam blefando quando disseram que matariam por sua liberdade e que era hora de elaborar um plano para sair dali o mais breve possível.

Suzana aproximou-se de Josefo e disse-lhe:

– Se cumprimos apenas o que nos é mandado por Deus, não seremos diferentes dos pecadores, por isso devemos estar atentos para novas realizações além do que fazemos todos os dias, a fim de que o Pai Celestial nos veja como seus filhos e não como seus servos. Entendo que todos os Zelotas não querem um levante popular, mas impostos justos e liberdade. No entanto, não concordo que seja necessário aniquilar vidas em nome dessa liberdade. Já foi longe o tempo em que os inimigos do povo de Deus deveriam ser eliminados pela morte. Jesus nos revelou que o renascimento deve ser pelo espírito.

Josefo caminhou alguns passos e disse:

– Nossos inimigos não compreendem tais fundamentos. São conquistadores. É o poder pelo poder, a morte pela morte.

Suzana abaixou os olhos e percebeu que pouco poderia fazer para modificar aquele coração tão endurecido pelas circunstâncias da vida.

Ele interrompeu o silêncio e perguntou:

– Suzana, nada disseste sobre ti. De onde vens? De que família tu és?

Suzana se dirigiu até uma pequena janela no teto, por onde dava para ver as estrelas fulgurantes da noite e, suspirando, falou:

– A história de minha vida não te acrescentará nada de importante, meu senhor. Que haveria de instrutivo nos acontecimentos de uma órfã, criada por fariseus, traída pelo esposo que tanto amava, perseguida por alguém que sequer conhece direito, e nem tem direito a retornar às cidades por onde passou?

Josefo deu um salto e questionou:

– És casada?

A jovem ao perceber que não poderia adiantar-se em mais detalhes, procurou desviar o sentido do diálogo:

– Já disse que os acontecimentos de minha vida não importam. O importante é que, em todos os instantes desta ignóbil existência, sempre encontrei em meu caminho pessoas maravilhosas que me deram exemplos de fortaleza, resignação e força de viver. Jesus é o meu guia.

Com Ele aprendi a amar de verdade e sem cobranças. Aprendi a perdoar, a rogar perdão em horas em que não tinha certeza de que estava certa. Enfim, hoje nada mais me importa senão a Vida Eterna, a verdadeira Vida. Enquanto estivermos no caminho, devemos amar os nossos inimigos...

Ele a interrompeu, dizendo com espanto:

– Amar os inimigos! Perdoa-me, mas isso não é possível!

– Amar os inimigos não é apenas deixar de odiá-los – disse Suzana –, mas saber que entre ti e eles existem distâncias da mesma forma que existem distâncias entre o adulto e a criança. Quererás que uma criança entenda tudo que um adulto compreende? Se brincares com uma criança ela será tua amiga, mas uma criança precisa de muito mais que diversões. Deve receber educação para entender as verdades.

– Queres que eu seja hipócrita? – perguntou Josefo, como se quisesse convencer a si mesmo.

– Não – respondeu Suzana –, mas às vezes precisamos saber conviver com quem sabe menos do que nós e ensinar, através do próprio exemplo, as lições da vida...

Naquele dia, ao anoitecer, Josefo providenciou que as duas mulheres fossem acompanhadas até a cidade. Chegando a hora da partida, ao se despedirem, terminaram com palavras valiosas, quando Suzana aconselhou:

– Teu destino está selado, meu irmão. Se pretendes ser um rebelde, que a tua causa seja justa e que Deus te inspire. Até um dia!

– Serei eternamente grato por tuas palavras, Suzana, que muito me ajudaram a adquirir sabedoria para ser útil a meu povo. Aceita nossa companhia até Hebron, para que chegues em segurança. Não é longe daqui.

Suzana olhou-o com bondade e explicou:

– Não iremos mais para Hebron. Decidimos que devemos encontrar nosso destino em Jerusalém.

– Não vás para Jerusalém – disse Josefo. – Lá encontrarás a morte.

– Que seja – ponderou a jovem. – Agradeço-te pela hospedagem, mas o que Deus quer que façamos, assim será. Procura saber por onde anda Jesus e segue seus passos para aprender, porque "Ele é o Caminho, a Verdade e a Vida". Quem realmente ama a Deus, segue sua lei e encontra-se sempre com Ele. Se desejas de Jesus uma orientação, basta chamá-lo, no íntimo, e receberás imediatamente a resposta.

Josefo ofereceu às duas uma quantia de dinheiro para que elas pudessem pagar uma hospedagem e comprar roupas para entrarem na cidade dignamente.

Suzana e Isra aceitaram a oferta generosa e se despediram.

O IMPÉRIO DA ILUSÃO

"Não se pode depositar uma oferenda diante da consciência se o templo do sentimento estiver em ruínas."
Emídio Brasileiro

Enquanto isso, no palácio, Otávio caía em desânimo e nas ardilosas atenções de Vitila que, com mente sagaz, mãos suaves e fala mansa atraía-o irresistivelmente. Cansada de procurar o diamante, resolve, então, inquiri-lo com audácia:

– Sabes que as mulheres fazem qualquer coisa para ganhar certos presentes?

– Sim, eu sei – respondeu Otávio. – Mas o que te falta?

– Tive um sonho esta noite, quando me vi envolvida por um colar, cujo cordão era de ouro e sustentava um enorme diamante enquanto nós dois nos amávamos, junto a um oásis, onde ninguém nos perturbava.

Otávio, percebendo seu jogo, adiantou:

– Conheço tuas armadilhas, mulher. Entendo o que queres. Pede um presente e te darei. Mas a jóia de Ramud não está mais comigo...

Vitila deu um salto e falou furiosa:

– Como!? Não mintas. Sei que o diamante está contigo!

– Enganas-te, minha adorada – falou Otávio com certa ironia. – O que tanto procuras sumiu no dia em que Suzana desapareceu. Provavelmente ela o levou...

Após falar isso, Otávio saiu do quarto, deixando a amante lívida de ódio. Vitila imaginou-se agindo contra seus próprios planos, ajudando sua rival a fugir e ainda levando a jóia que tanto almejava. E esbravejou:

– Por todos os deuses! Fui enganada, traída. Que imbecil eu sou!

E começou a pensar em como encontrar a pedra que lhe realizaria todos os sonhos de riqueza, poder e sedução.

Otávio não acreditava na lenda que envolvia o diamante. Pensava que o posto de comando que alcançara e as riquezas que começaram a se acumular eram frutos de seu esforço e dedicação a Roma.

Suzana e Isra, não muito distantes dali, encontraram uma caravana que lhes informou a respeito de Jesus. Estava Ele bem próximo a Jericó. Então, foram para lá e ficaram junto aos muitos discípulos que acompanhavam o Mestre. À entrada de Jericó, Jesus curou dois cegos que estavam sentados à beira do caminho, mendigando. Chegando na cidade, hospedou-se na casa de Zaqueu, o chefe dos cobradores de impostos, cujo desejo era ser reto e justo.

Depois, Jesus foi para Betânia, onde Maria, irmã de Lázaro, ungiu sua cabeça com perfume.

Suzana e Isra entraram em Jerusalém com muito cuidado, numa caravana de comerciantes. Souberam, então, de uma seguidora de Jesus, uma senhora idosa que precisava de cuidados. Suzana e Isra se dispuseram a cuidar dela e, em troca, teriam abrigo e alimento, ficando apenas alguns dias. Dali podiam saber notícias de Jesus, através de outros discípulos que disseram sobre as intenções de Caifás em prender Jesus e matá-lo.

No palácio, os "filhos da ilusão" se preparavam para mais um conflito. Otávio, sem conseguir se livrar dos domínios de Vitila, vê seus planos ambiciosos se escoarem por entre seus dedos. Antônius, o antigo general de muitas legiões, mesmo adoentado, começava a perceber que os olhos de sua esposa já não eram para ele, mas para alguém de sua confiança. E comentava com seu criado:

– Quem será o traidor? Quem ousaria seduzir minha mulher?

Certa noite, quando aconteceu uma das costumeiras orgias

palacianas, Antônius percebeu o olhar vago de Vitila, seguiu a direção de seus olhos e, para sua surpresa, o alvo era Otávio, que conversava animadamente com Pilatos e, vez ou outra, correspondia-se com ela, retribuindo com um leve sorriso.

Vitila, desconfiada de que Otávio havia lhe mentido sobre o destino da jóia, ainda persistia em encontrá-la.

Antônius retornou aos seus aposentos e enquanto andava de um lado a outro, esbravejava consigo mesmo:

– Como fui tolo em confiar naquele traidor como se fosse meu próprio filho. Sim, foi assim que sempre te considerei, maldito Otávio. Eu te trouxe para o poder e te abri as portas do Palácio, falando bem de ti para o governador. Que os deuses te conduzam às trevas! Só me cabe fazer justiça com as próprias mãos.

Aos poucos, a face do militar romano tornava-se lívida e o suor frio banhava-lhe a carregada fisionomia. Colocou a mão no peito e, recostando-se no leito, respirou devagar enquanto pensava.

Silencioso como uma ave de rapina, Antônius preparou seu plano homicida. Em sua mente cega pela sensualidade e dominado pelos caprichos de Vitila, pensou em eliminar o rival, aguardando uma chance infalível e sem testemunhas.

A idéia surgiu. No dia seguinte, Otávio é enviado a uma missão especial: levar nas galeras, duas de suas tropas de soldados para Roma e, no caminho, identificar navios piratas que atacavam navios comerciantes. Otávio recebeu a incumbência com alegria, não percebendo que Antônius havia induzido tal ordem.

O marido de Vitila contratou um assassino para se instalar no convés e, na hora certa, cortar-lhe a garganta e lançá-la ao mar. Assim, ninguém perceberia sua culpa e suas mãos não se sujariam matando um centurião de Roma, querido pelo Imperador e por Pôncio Pilatos.

No entanto, o destino traçou outras linhas e outra direção. Na viagem, Otávio encontra seu velho amigo Március, que se tornara comandante da galera militar.

Abraçando-o efusivamente, o jovem marinheiro falou:

– Otávio, que bons ventos te trazem?

Este, prestativo, respondeu:

– Ora, meu grande amigo! Então foi aqui que te escondeste todo esse tempo?

E, sorrindo, Március respondeu:

– As águas são tão perigosas quanto as mulheres. Mas são mais fáceis de navegar que um coração apaixonado, porque este não tem leme.

Otávio entristeceu-se ante o comentário do companheiro, o qual percebeu e logo tratou de mudar o diálogo:

– O que te traz às galeras, amigo?

– Estamos em missão especial para identificar navios piratas que ousam atacar os mercantes da "Dona do mundo".

– É – respondeu o capitão –, realmente têm ocorrido muitos assaltos marítimos... Mas, o que tens a me dizer sobre Jerusalém?

– Muitas coisas aconteceram, meu amigo – falou Otávio cabisbaixo. – Casei-me com Suzana, aquela jovem de Tiberíades. Mas não é fácil, as mulheres têm um gênio muito difícil. Ela tem uma força estranha que desconheço e por não compreendê-la, terminei por agredi-la.

Március riu soltamente e falou:

– Avisei-te das mulheres. Elas são capazes de enfeitiçar os homens e levá-los à loucura, se não à morte.

Otávio concordou e respondeu:

– É, meu amigo. Um homem não merece ser traído, nem por pensamento, muito menos por um profeta. Fiquei em desvantagem. Por teimosia, tentei transformar uma judia ignorante em uma matrona romana culta e decente, mas as minhas tentativas foram em vão.

Tentando aprofundar-se nos desatinos do amigo, Március disse-lhe:

– Creio que o que se passou contigo foi o mesmo que acontece a todos os homens que se deparam com estranha beleza feminina. A beleza estonteante é um perigo para o poder masculino, por isso ele a quer possuir, para depois destruí-la e libertar-se da escravidão.

Otávio olhou-o com admiração e ambos riram das próprias convicções. Depois Otávio disse:

– Estás repleto de razão. Mas há algo mais trágico que tais filosofias.

– Não me digas que ela segue o carpinteiro que todos chamam de messias? – perguntou Március com desdém.

– Pior que isso – respondeu Otávio cabisbaixo. – Ela o ama mais que ao próprio marido. E não é somente ela, uma multidão de fanáticos vai atrás dele como se fosse um deus. E Ele enfeitiça a todos com uma mágica desconhecida.

Március, que ouvia a tudo sem disfarçar seu espanto, depois de um breve silêncio, falou:

– Que os deuses nos preservem de semelhante sortilégio.

Ali os dois amigos ficaram durante longas horas a relembrar os fatos de suas vidas. Otávio aproveitava a brisa do mar para refrescar seus pensamentos. A ambição ainda tomava conta de sua alma e ele fazia planos para o futuro que o aguardava em Roma.

Alguns dias de vigília e surge em meio às águas tranqüilas do Mar Mediterrâneo uma navegação estrangeira que avançava em direção ao seu navio.

O comandante gritou:

– Piratas a estibordo! Atenção homens, preparem as catapultas.

Nesse instante, o assassino contratado por Antônius sai de seu esconderijo secreto e se prepara para atacar sua vítima, aproveitando o momento crítico.

Quando o navio pirata se aproxima, uma chuva de flechas toma a direção dos romanos que da mesma forma retribuem em dobro.

Os navios se aproximaram e a grande embarcação romana lança em direção ao navio inimigo uma espécie de ponte móvel. E uns pularam sobre os navios dos outros, iniciando uma luta de vida ou morte. Enquanto isso, bolas de fogo lançadas pelas catapultas atingiam em cheio a embarcação pirata, provocando um terrível incêndio em suas gigantescas velas içadas.

Atento à luta com um inimigo e antes que tivesse tempo para se defender, Otávio sentiu uma punhalada certeira pelas costas e caiu desmaiado. O combate continuava. O comandante Március viu a cena e, percebendo o traidor, saltou em cima dele, trespassando-o imediatamente com sua espada. O fiel espião de Antônius expirou ensangüentado. Március deixou a batalha e foi socorrer o amigo. Ao ver que Otávio estava vivo, carregou-o para sua cabine, deitando-o em seu leito. Providenciou um ferro quente para fechar a enorme ferida que, por um milagre, não atingiu seus pulmões. Lá fora a luta atingia seu clímax. Mas em poucos instantes, os romanos eliminaram os inimigos e incendiaram completamente o navio pirata, que logo afundou.

A tripulação comemorou.

A noite chegou. Após as comemorações, os soldados trataram de cuidar de seus ferimentos. Mas Otávio ardia em febre e, mesmo com os cuidados do capitão, desfalecia a cada hora. Em seu desfalecimento, entrou em delírio e começou a chamar por sua amada. Recordou, em sono perturbador, a imagem de Suzana: sempre sóbria e tranqüila, e ele tanto a fizera sofrer. Imaginou-se tocando seus belos cabelos e seu harmonioso rosto que ele agredira muitas vezes. Quase pôde ouvir sua voz suave, cheia de esperanças e de consolo, que ele desprezara.

Március, preocupado, tentava acalmar o amigo, dizendo:

– Não gastes tuas energias. Descansa e aguarda o amparo dos deuses.

Mas Otávio não o escutava e, num esforço, falava incansavelmente a respeito de Suzana:

– Ouve, meu amigo. Os deuses me enviaram um ser celestial e eu desprezei. Sim. Para todas as complicações da vida ela sempre tinha uma solução adequada e possuía uma maneira sublime de acalmar meu temperamento vibrátil. Mas, agora... a morte me chama. Todos os meus sonhos sagrados de juventude – fama, poder e riqueza – desfaleceram com o sangue que jorrou de meu corpo. Lembro-me agora com carinho, embora tardiamente. Quantas vezes ela acalentou-me o espírito atormentado com ensinamentos inesquecíveis do Rabi da Galiléia. Suzana afirmava que Ele, Jesus, nas enfermidades, cura o corpo, e nas angústias da alma, ilumina o coração. Sim, o meu ciúme por Jesus bem refletia minha insanidade espiritual. Ele não é um simples profeta ou um homem comum.

Nesse instante sua respiração torna-se difícil e entre um espasmo e outro clama:

– Oh! Suzana, onde estiveres, ouve minha súplica. Chama teu amigo Jesus e pede a Ele que perdoe minha ignorância e venha curar minhas feridas que doem muito mais em minha desventurada alma...

Március assistia a tudo e comentava com um auxiliar:

– A loucura tomou conta dele. Preparem os bálsamos para que possamos levar seu corpo e para que receba uma sepultura digna em Roma, pois que ele não passa desta noite.

Otávio transpirava excessivamente e tornava-se estático. Pela primeira vez, uma lágrima quente e dolorida rolou daquele rosto ríspido e altivo, condicionado por desejos de vingança em relação ao pai que o renegou, e de ambição incontida pelo poder. A frieza de seu coração dava lugar ao calor da sensibilidade. Assim, chorou copiosamente durante horas, até que dormiu ante o pensamento de voltar para sua esposa e revelar o quanto a amava.

Enquanto isso, Suzana e Isra encontram um refúgio seguro em Jerusalém. Suzana, sem que soubesse o que se passava com Otávio, chora quando se lembra de seu amado nos dias de alegria e se compadece dele quando se lembra dos dias de tribulação. E pranteia:

– Por que tão pesados dissabores e amarguras? Não bastaram toda a dedicação e obediência a Deus? Por que o destino separou para sempre dois corações que se amam?

Sempre ao seu lado, Isra procurava consolá-la, mas somente a presença de Jesus trazia novas alegrias àqueles corações sofridos.

Souberam que Jesus se aproximava de Jerusalém e foram, com todo o povo, recepcioná-lo com grande alegria, estendendo os mantos pela estrada. Uns arrancavam ramagens dos campos e as espalhavam pelo caminho. Outros pegavam ramos de palmeiras e iam ao seu encontro, dizendo em alta voz:

"Hosana! Bendito seja aquele que vem em nome do Senhor! Bendito o Reino que está chegando, o Reino de nosso pai Davi! Paz no céu e glória nas alturas!"

Alguns dos fariseus que estavam entre a multidão disseram a Jesus: "Mestre, modera os teus discípulos".

Mas Jesus respondeu: "Eu vos digo que se eles se calarem as pedras gritarão!"

Quando Jesus se aproximava, viu a cidade e chorou diante dela, dizendo:

“Ah! Se pelo menos neste dia tu também entendesses a mensagem da paz! Isto agora está oculto aos teus olhos. Virão dias em que teus inimigos te cercarão de trincheiras, investirão contra ti e te cercarão de todos os lados. Vão te derrubar juntamente com os teus filhos, dentro das tuas próprias muralhas, e não deixarão em ti pedra sobre pedra, porque não percebeste o tempo em que foste visitada!”

A terra não tremia, mas todos podiam senti-la vibrar. Ao entrar em Jerusalém, todos os habitantes da cidade se alvoroçaram e perguntavam: “Quem é este?”

E a multidão aclamava: “Este é o profeta Jesus”.

Logo entrou no Templo, e foram ter com Ele cegos e coxos, e Ele os curou a todos. Mas os principais sacerdotes e os escribas, quando viram os sinais que Jesus operava e as crianças que gritavam no Templo “hosana ao Filho de Davi”, ficaram indignados e disseram: “Ouves o que eles estão dizendo?”.

Jesus respondeu: “Sim. Nunca lestes: Da boca dos pequeninos e das crianças de peito preparaste um louvor para ti?”[1]

Naquele dia os fariseus e os doutores da lei se reuniram para planejar a morte de Jesus.

Apesar de Jesus realizar tantos sinais à sua vista e de lhes ensinar, não lhe eram fiéis, pois estavam cegos e com os corações endurecidos, porque eles amavam mais a glória dos homens do que a glória de Deus.

Após ouvirem todos estes ensinos Suzana e Isra voltaram para casa. À noite, um sono perturbador tomou conta de Suzana, sem que pudesse conter o pranto. Em seu sonho, viu Otávio preso em um labirinto onde se encontrava ensangüentado. Ao fim do labirinto, havia uma luz muito brilhante que ele tentava alcançar. Mas, à medida que ele se esforçava para alcançar a luz, mais distante ficava, pois novas paredes o impediam.

Acordou Isra, pois despertou chamando em voz alta:

– Volte para mim, Otávio. Segue o teu coração, não posso ir onde estás... tenhas fé e alcançarás a luz.

[1] *Mateus, 21:16*

Isra, preocupada com Suzana, ministrava-lhe essências às têmporas e lhe dava chás feitos com ervas para que dormisse, mas todas as noites a ansiedade lhe perturbava e a dor do amor lhe sufocava o coração.

A jovem de Tiberíades não imaginava que o seu esposo estivesse tão longe. Mas sentia-o próximo em seu pensamento. E temia pela sua vida. Orava todas as noites para que nada de mal lhe ocorresse. Sabia que não havia maldade em seu coração, mas ignorância quantos às leis divinas.

Após alguns dias no navio, a febre de Otávio começou a diminuir e a ferida cicatrizou milagrosamente. O capitão e os soldados se alegraram imensamente e fizeram sacrifícios aos deuses.

Otávio, em intensa vibração interior, disse a Március:

– Não posso esperar chegar em Roma. Retornarei imediatamente para Jerusalém. Lá procurarei minha amada Suzana e quando a encontrar jamais a deixarei. Sairemos daquela cidade.

Animado, fez planos: os dois viveriam no campo, plantariam e colheriam para seu sustento. Para ele, acabaram-se as ambições pelo poder e riqueza. Agora só interessava o seu amor.

CAMINHO DAS ALMAS

"Aprendei com as aves do céu a confiar na proteção do Pai.
Todavia, não vos comporteis tais quais elas.
Trabalhai em vossa fé."
Emídio Brasileiro

O inverno havia chegado e a galera das águias dominadoras não pudera retornar, pois o rigoroso inverno paralisara todas as navegações.

– Meu amigo, a natureza luta contra mim. E agora, Március, como farei para retornar? – perguntou Otávio, desconsolado.

– É – disse Március –, os deuses não estão do teu lado. Terás que enfrentar meses de frio e perigos para conseguires retornar.

Otávio falou entusiasmado:

– Não me importa o tempo que levar. Irei sem temor, nem que seja a última coisa que faça em vida.

Naquele mesmo dia, Otávio retornou por terra com dois companheiros numa viagem perigosa e longa a caminho de Jerusalém.

Alguns meses se passaram. Lentos, mas eficazes, foram os efeitos das palavras do mestre Jesus sobre os povos das diferentes cidades por onde passou. Os viajantes que creram, os que foram curados ou libertos e todos que se beneficiaram com a sua presença transmitiam seus ensinos por onde iam. Entretanto, nem todos entenderam ou tiveram condição para entender.

Passou Moisés, Abraão e parece que nem mesmo Cristo conseguira apaziguar o coração guerreiro de um povo que se dizia escolhido de Deus, mas afirmava que os habitantes do resto do mundo eram filhos do nada.

A cena da cruz, gravada na memória de todos os moradores de Jerusalém, deixava nas vibrações da cidade um misto de melancolia e de nostálgica saudade.

Olhando pelas vias públicas sem o brilho das vibrações amoráveis do Mestre, Suzana parou ante a calçada do Templo e, mirando a cidade, suspirou:

– Jesus profetizou a teu respeito, Jerusalém. Ainda assim não ouviste.

Durante horas, a jovem Suzana permaneceu parada à frente do Templo, encostada em uma pilastra. Hemoz, amparado por um cajado, pois os anos lhe forçavam a coluna e as pernas estavam fracas, viu-a e foi ter com ela.

– Vá para casa, filha. Não convém que fiques aqui como uma mendiga.

Com os olhos úmidos, Suzana falou com extrema tristeza:

– Já faz tempo que crucificaram meu Jesus e a saudade é indescritível. Eis que não será necessário sacrificar pombos ou cordeiros. O maior de todos os sacrifícios foi levado ao Gólgota. O sangue do maior dos cordeiros está derramado, mas ainda há pecado no mundo. Talvez por isso, os romanos e os fariseus continuam sedentos... de sangue talvez. Agora qualquer um que fale em Jesus merece da mesma forma a cruz.

– Não sofras mais – disse Hemoz. – Esqueça tudo e volte para casa. Já não podes mais ouvi-lo.

Suzana insistiu, com emoção:

– É impossível não ouvi-lo. O sussurro do vento lembra suas palavras de amor e fé; o passear das nuvens lembra suas peregrinações nas cidades incrédulas; o calor do sol lembra a força e a autoridade com que ensinava no Templo e nas sinagogas. As capas vermelhas dos soldados romanos trazem à memória o sangue inocente do nosso Senhor, misturando-se com a terra que o injuriou. A chuva desaba também em nossos corações uma enxurrada de pranto. Nada mais vale a pena...

Hemoz, acompanhando-a até sua casa, falou com voz pausada:

– És jovem e cheia de vida, filha. Ainda ouvirás falar muito em Jesus. Ainda ouves ou te lembras das notícias que tivemos dos que continuam sendo curados pelo poder da palavra de Jesus guardada em seus corações. Quanto às perseguições, temo o futuro, pois Tibério protegia-nos, proibindo seus soldados de molestar qualquer seguidor de Cristo. Mas agora que morreu... talvez comece a se cumprir "o choro e o ranger dos dentes". Caio César, o Calígula, parece um louco. Já entrou aumentando os impostos e querendo colocar estátuas suas no Templo e nas sinagogas. Considera-se um deus vivo, dando margem às injustiças em seu nome.

Suzana ouvia-o atentamente e, percebendo que sua tristeza o contagiara, comentou:

– O que nos suaviza as amarguras é o trabalho com os "irmãos do caminho", não é verdade?

– Sim – falou com um leve sorriso nos lábios. – Vamos até lá, onde nossas almas encontrarão conforto.

Simão Pedro sempre que podia relembrava aos famintos e aos enfermos dos quais cuidava a imagem e os ensinos do amorável Mestre, com indescritível beleza e amor incondicional.

Todos que chegavam à "Casa do Caminho" ficavam admirados com a presteza e o carinho com que eram tratados. Mesmo os que chegavam esbravejando, logo se acalmavam ante a atmosfera de otimismo existente ali. Quando perguntaram a Pedro se ele agia assim pela memória de Jesus, ele disse:

– Façamos assim não somente para honra e glória de Jesus, mas para que alcancemos o Reino dos Céus, conforme nos ensinou. E o Mestre afirmou, em seus últimos dias, que todo o bem que fizermos aos pequeninos também estaríamos fazendo a Ele.

Chegada a hora próxima da refeição, Pedro disse com saudade indizível:

– Lembro-me de Jesus em nossa ceia quando Ele nos disse para amarmos uns aos outros como Ele nos amou, pois seremos conhecidos por muito nos amarmos. Mas não tive forças e por três vezes o neguei, mesmo tendo sido avisado por Ele que isso aconteceria antes que o galo cantasse...

Meus irmãos – continuou Pedro, recuperando as palavras –, Jesus nos deixou a certeza de que um dia estaríamos com Ele, pois nos prepararia uma morada dentre as muitas que o Pai tem em sua Casa. Ele virá nos buscar quando chegar a hora. Mas precisamos estar atentos à prática dos ensinos que Ele nos deixou. Ele é a Videira Verdadeira, nós os ramos. Ele é o Caminho a Verdade e a Vida e ninguém vai ao Pai senão por Ele. Alegrai-vos, meus filhos, e amai-vos uns aos outros como Ele nos amou.

Após ouvir essas palavras, Suzana e Hemoz se despediram de Pedro e se dirigiram para casa, onde encontrariam Isra. No caminho Hemoz aconselhou:

– Não permaneças nesta cidade, filha. Parte o mais breve possível. Volta para Cafarnaum ou procura outra cidade. Jerusalém está condenada.

– Sei que aqui não é o meu lugar – falou Suzana –, mas sinto que devo permanecer por mais algum tempo.

No dia seguinte, Hemoz regressou à Tiberíades. Suzana e Isra chegaram bem cedo, juntamente com outras mulheres, para ajudar Pedro e os outros trabalhadores na alimentação dos famintos, na vestimenta dos despidos, nos bálsamos dos feridos, no reconforto dos desvalidos. Mas, Simão Pedro sempre surpreendia a todos com atitudes que relembravam as ações do Mestre.

Nas manhãs, ele tomava uma bacia e uma toalha e se aproximava dos enfermos acamados e lavava-lhes os pés.

Perguntavam-lhe por que agia assim e ele dizia:

– Também isso fez Jesus quando estava conosco e nos afirmou, após lavar os pés de cada um de nós, que o servo não é maior que seu senhor, nem o enviado é maior do que aquele que o envia.

Numa tarde em que todos estavam muito ocupados, dois auxiliares estavam lavando o chão onde eram atendidos os enfermos, um deles, sem notar, jogou a água muito longe, alcançando o companheiro, que ficou molhado. O outro, sem perceber que não fora intencional, agrediu-o, dizendo quase como um desabafo:

– Fizeste isto porque hoje sou um miserável. Queria ver se não me respeitarias assim no tempo em que eu era um rico comerciante!

Aquele respondeu:

– Foi sem querer, mas digo que se fosses inteligente não terias perdido tudo para os romanos!

Irritado o outro retrucou:

– Estás me chamando de quê? Fala, se és homem.

Percebendo que a disputa se acirraria, as mulheres chamaram Pedro, que mansamente falou:

– Ouvi, filhinhos, o mandamento do nosso Senhor: "Amai-vos uns aos outros como eu vos amei. Ninguém tem maior amor do que aquele que dá a sua vida por seus amigos".

Os dois homens ficaram envergonhados e se desculpando, retornaram ao trabalho.

No dia seguinte, Pedro recebeu um jovem que fora espancado por um militar romano. Com enorme revolta, o jovem pretendia se recuperar dos ferimentos que recebera na cabeça e retornar para vingar-se do algoz. Mas Pedro o recebeu com carinho e, enquanto tratava de suas feridas, relembrou as palavras de Jesus dizendo:

– Filhinho, o mundo nos odeia, mas antes odiou nosso mestre Jesus, o Filho de Deus, o nosso Pai que está nos Céus.

Após estas palavras, Pedro chorou em silêncio. Suzana aproximou-se e disse-lhe, carinhosa:

– Descansa, Pedro, eu termino de tratar esta ferida.

À noite, Suzana e Isra voltavam para casa com suas almas banhadas de saudosas recordações.

AUXÍLIO MÚTUO

"O dever se amplia à medida que o Espírito
evolui intelectual e moralmente.."
Emídio Brasileiro

Em Jerusalém, os espiões estavam por toda parte. Às vezes, Suzana precisava mudar-se repentinamente quando ficava sabendo que alguém havia procurado por ela. Permaneciam, então, retiradas em um casebre muito simples, longe da região central de Jerusalém.

Certa noite, Suzana acordou e disse a Isra:

– Minha querida amiga, não suporto mais viver fugindo. Iremos até Otávio, para que ele saiba que sua mãe está viva e ainda o ama. Não posso ser egoísta pensando somente em minha segurança. Irei morrer de qualquer jeito mesmo

Isra, percebendo que o dia já amanhecia levantou-se e, começando a preparar o pão, falou:

– Pela última vez, Suzana, se meu filho me amasse, já teria me encontrado. E tu necessitas de repouso. Estás cada dia mais pálida e emagrecida. Não é porque ele não me ama que deixarei de amá-lo. Estarei ao teu lado sempre, enquanto tiver forças...

Neste instante, Isra sentiu uma vertigem e as pernas não suportaram o torpor. Antes que ela tombasse ao solo, Suzana levantou-se imediatamente de onde estava e a segurou nos braços, indo deitá-la em um travesseiro. Limpou-lhe as mãos esbranquiçadas pela farinha e falou carinhosa:

– Não te aflijas, Isra, teus esforços têm sido constantes. Tens estado debilitada por causa do medo e das constantes fugas. É tudo minha culpa, não falarei mais sobre teu filho.

Isra emocionou-se e falou:

– Procuro tornar-me forte para não te desconsolar. Ai! Como sofro até hoje. Não sabes o que é não ser amada até mesmo pelo próprio filho.

Suzana apertou-a contra o peito e, num abraço filial disse:

– Coragem, irmã! Nenhuma lágrima se perde. Todas são recolhidas e levadas ao maior dos protetores: nosso Pai que está no mais alto dos Céus. Não te desesperes. Confia sempre. Talvez não entendamos os espinhos, mas se a cruz é o fim do caminho, aceitemo-la. Não somos maiores que nosso Senhor Jesus. Somente a graça de sermos ouvidos por Ele já basta. Peçamos a Ele que nos console em nossa ignorância e nos ensine a sermos vencedores na fé e na caridade. Às vezes, é preciso entregar um pouco de nossa vida a Ele, pois em nossa cegueira vemos tudo de forma negativa. Em nosso íntimo pensamos: sempre vivi sem ferir ninguém, sempre compreendendo e servindo, mesmo não sendo compreendida. Então deveria ter todo o conforto e ser poupada de qualquer sofrimento. Mas a cada dia Deus nos testa e quer saber se somos realmente fortes como afirmamos que somos. Teoria temos muitas, mas é a prática que prova se amadurecemos ou não. Paciência, irmã querida. Tenhamos resignação diante das dificuldades passageiras. Preparemo-nos com jejum e oração para os dias que virão. Sei que és forte, mas num momento crucial podes ser enganada pelos teus sentidos. Então, lembra-te do amado Rabi e Ele virá em teu auxílio...

Assim, uma consolando a outra, conseguiam passar as noites frias no paupérrimo casebre.

Numa manhã em que se dirigiam até a "Casa do Caminho", quando já estavam próximas, viram Hemoz atravessar a via pública a passos lentos. Suzana fez um sinal, descobrindo levemente o rosto, e pôde perceber que ele a reconheceu. O ancião parou, olhou para os lados, entrou na casa e, após os cumprimentos habituais, disse:

– Suzana, filha de Deus, continuas nesta cidade?

– Sim, meu amigo. E tu, o que fazes em Jerusalém?

– Estamos aqui a chamado dos sacerdotes chefes. Cuidado, pois Simeão acaba de entrar no Templo. Ele não te perdoou.

– Oh! Hemoz, já não me preocupo – falou a jovem com firmeza. – Aquele que era a razão do meu viver já não está entre nós, agora ajudo os "irmãos do Caminho" a também suportar a ausência física do mestre Jesus.

– Eu te compreendo, mas aqui – disse Hemoz com semblante preocupado – há muito perigo, porque para os sacerdotes, fariseus e doutores da lei, não foi suficiente ter crucificado Jesus. Eles querem também levar ao apedrejamento todos os discípulos e seguidores de sua Doutrina.

– Que me dizes, Hemoz? – falou Suzana, com aperto no coração. – Por isso Jesus os denominava hipócritas, insensatos, cegos, sepulcros caiados por fora e podres por dentro, serpentes, raça de víboras e tudo o mais que eles são realmente...

– Tens razão – disse Hemoz. – Jesus sempre esteve certo e sofro porque não o conheci. Bem-aventurada és tu, Suzana, porque o conheceste e ouviste os seus sagrados ensinamentos!

– Tenho ouvido lamentos sinceros daqueles que também gostariam de ter conhecido Jesus, o nosso Mestre. Meu caro Hemoz – disse Suzana –, nunca é tarde para abrir o coração e sentir a presença dele.

Após conversarem um pouco mais, Suzana despediu-se de Hemoz e foi ao encontro de Pedro, quando falou preocupada:

– Irmão Pedro, muitos fariseus e sacerdotes estão se reunindo para multiplicar as dores dessa cidade em nome da arrogância, do orgulho, da vaidade e da manutenção do poder. Temo pelos nossos irmãos que nem percebem o perigo que os rodeiam.

Simão Pedro, olhando-a paternalmente, disse de forma consoladora:

– Que haveremos de fazer, se esta for a vontade do nosso Senhor? O nosso Mestre, nos dias próximos à crucificação, percebeu o que estava por lhe ocorrer, quando no Getsêmani sentiu uma tristeza mortal, rogando que o Pai afastasse de si o cálice, mas que acima de tudo, se fizesse a Sua Vontade. E eu, em minha fraqueza, não pude compreendê-lo, mesmo sentindo que o amava com sincera devoção.

Mas tivemos muito sono e Ele nos advertiu: "Vigiai e orai para não entrardes em tentação, porque o espírito tem boa vontade, mas a carne é fraca".[1] – Depois daquele instante, ele percebeu que havia chegado a hora em que seria entregue às mãos dos pecadores... sendo traído e humilhado. A partir dali o maltrataram, ofenderam-no e cuspiram em seu rosto, fizeram-no sofrer, colocaram uma coroa de espinhos em sua cabeça e cravaram pregos em seus pulsos...

Ante as lágrimas copiosas de Pedro após aquelas lembranças, Suzana e outros se aproximaram do valoroso apóstolo e ela lhe disse:

– Não sofras, preserva teu coração. Ele está entre nós.

Mas Pedro disse-lhe:

– Tais fatos estarão gravados em minha consciência para sempre e também na consciência de todos que os ouvirem e principalmente dos que praticarem a mensagem da Boa Nova de Jesus.

---

[1] *Mateus, 26:36-46*

RETORNO DE OTÁVIO

"Seja vossa paz a irmã do dever cumprido.
A vossa alegria mais pura e a melancolia mais amada."
Emídio Brasileiro

Assim que regressaram completamente estafados à Terra Sagrada, Otávio e seus dois companheiros foram tomados de surpresa pelos Zelotas que queriam roubá-los e matá-los.

Otávio pensou em reagir, mas estava em menor número. Três homens nada podiam contra muitos. Por isso se entregaram antes que fossem mortos.

Os Zelotas os amarraram e os prenderam até decidirem se os matariam ou não.

Ao anoitecer, os bandos se reuniram em uma cabana abandonada. O último grupo a chegar foi o de Josefo.

– Que faremos com eles? – perguntou um homem alto, com expressão rude e gestos grosseiros, ao líder Josefo.

– Se nos matarem virão milhares de outros – falou Otávio. Mas foi interrompido por um pontapé dado por um outro que o vigiava e esbravejou:

– Cala-te, insolente! Aqui não mandas em nada.

– Ele tem razão – disse Josefo. – É melhor que enviemos um deles com uma carta dizendo que somos muitos e se não diminuírem os impostos será um romano morto por dia.

Fez-se silêncio e Otávio, sem temer mais uma agressão, falou-lhes:

– O jovem líder tem razão, mas há algo que desconheceis: não viajamos em missão de Roma. Estamos a caminho de Jerusalém com objetivos particulares. Soltando-nos, ninguém saberá o que aconteceu aqui.

– Então por que usas uniforme militar romano? – perguntou Josefo.

Otávio silenciou. Josefo disse aos seus comandados:

– Amanhã decidiremos o que fazer com estes imundos romanos.

A noite chegou. Otávio, simpatizado pela opinião de Josefo, falou baixinho:

– Agradeço-te por querer poupar nossas vidas.

Josefo aproximou-se e, sentando-se, disse:

– Não somos teus inimigos. Só queremos paz em nossa terra.

Otávio insistiu:

– Acredita. Não estou mais a serviço de Roma. Estou exausto devido a longa viagem por terra, e quero apenas ir a Jerusalém, buscar minha esposa. E nunca mais quero voltar a esse lugar.

– Tens filhos também? – perguntou Josefo.

– Não, o Deus de Israel não nos concedeu esta dádiva – respondeu Otávio.

Josefo espantou-se com a resposta de Otávio:

– Disseste Deus de Israel?! Como ousas falar do Deus de Israel, se tu és um romano? Os romanos adoram Júpiter e outros deuses pagãos!

Otávio esclareceu:

– Tal expressão faz parte das palavras de minha esposa. Na verdade, nunca fui romano. Mas em certo período conturbado de minha vida, pensei que seria um homem importante e respeitado por todos, por conseguir tão rapidamente riquezas e poder. Entretanto, só consegui a cobiça das mulheres, o ódio dos homens e perdi o amor de minha amada, a qual anseio encontrar antes que seja tarde.

Josefo disse, curioso:

– Ora, que tipo de mulher faz um homem arriscar-se assim?

Otávio argumentou:

– Uma mulher diferente de todas de sua época. Durante muito tempo pensei estar sendo traído, mas agora percebo que nunca fui digno de seu amor. No entanto, ela jamais escondeu que também me ama, apesar de amar um outro mais do que a mim... Mas esse outro quem não haveria de amar? Ele parece ser o próprio amor em essência.

E, fixando o olhar para a chama de uma vela, suspirou:

– Ah! Suzana, onde estarás agora?!

O jovem Josefo ficou tomado de surpresa ao ouvir o nome Suzana e, controlando-se, falou:

– Suzana? A seguidora do inolvidável carpinteiro de Nazaré? Sua esposa... – e disfarçando a empolgação, temendo futuros desentendimentos, continuou: – Ouvi falar dela.

– Sim – falou Otávio, com angústia indisfarçável –, aquela cujo coração extraordinário maculei com meu egoísmo, minha vaidade e meu tolo orgulho.

Josefo pensou por uns instantes e falou com novo ânimo:

– Escuta. Estarás em breve com tua amada. Ouve o meu plano. Ficarei de guarda e então me atacarás. Ao amanhecer, estarás longe.

Otávio olhou-o com espanto e perguntou:

– A que devo este favor?

– A Jesus – disse Josefo, com emoção e singular mistério no olhar –, o Mestre Galileu.

E saiu por um instante a fim de combinar a troca de vigília. Esperou que todos adormecessem e entregou um pedaço de madeira a Otávio que, com estranheza e pena, acertou-o na cabeça e fugiu silenciosamente com os dois soldados que o acompanhavam. A certa distância, encontraram dois cavalos amarrados. Pegaram-nos e tomaram a direção de Jerusalém.

Pelo caminho, ao amanhecer, passaram por um ermitão, segurando um cajado. Após reconhecê-lo, Otávio salta do cavalo e o aborda:

– Mago Emir, o que fazes nestas regiões?

O mago levantou os olhos mergulhados na face empoeirada e falou:

– Faço o que um homem sensato faria no fim dos tempos: abriria mão do conforto físico e buscaria o conforto espiritual.

E, sem mais explicações, continuou andando. E ao se distanciar, Otávio pergunta:

– Mago, podes me dizer, através de tuas adivinhações, se Suzana ainda vive e onde ela se encontra?

– O que diz teu coração? – perguntou o ancião.

– Todas as fibras do meu ser acreditam que ela está viva e em Jerusalém. Mas preciso saber onde exatamente ela está. Não poderei sair de casa em casa perguntando por ela.

O mago respondeu:

– Depende. Com que intenção um esposo procura uma esposa a quem não ama?

– Enganas-te, nobre mago. Agora percebo que a amo mais que tudo. Estou ciente de que o poder, as riquezas e o saber sem amor, de nada valem. E quando penso em amor é a imagem de Suzana que toma conta de meus pensamentos.

Emir viu verdade naquelas palavras e falou com voz macia:

– Há muito não a vejo, filho. Talvez agora já seja muito tarde para encontrá-la no mundo dos vivos, bem como todos os seguidores do Nazareno.

Otávio estremeceu-se, mas, contendo-se, perguntou:

– O que aconteceu em Jerusalém, mago?

Emir entristeceu-se profundamente e disse:

– Então não sabes? Por onde andaste? Estiveste soterrado em alguma caverna?

– Pior que isso – falou comovido. – Estive no mundo dos mortos e retornei. Estive face a face com a morte em pleno mar. Mas foi-me concedida uma nova chance. A face do Nazareno trouxe-me a vida. Agora, conte-me o que aconteceu.

– Sentemo-nos nestas pedras – falou Emir, firmando-se com dificuldade em seu cajado – e ouças com atenção. Jesus foi traído por seu discípulo Judas e entregue aos sacerdotes, que o levaram a Pilatos. Cláudia, agitando-se em seu coração, tudo fazia para convencer o esposo a libertar Jesus. Argumentou que ele não roubara, nem matara, ao contrário, restituíra a vida a muitos que já a haviam perdido.

Pilatos não encontrou acusação contra Jesus, mas os judeus ortodoxos conspiraram contra Ele. Então, Pilatos perguntou-lhe se Ele era "O Rei dos Judeus".

Mas Jesus disse que seu Reino não era deste mundo.

E não achando nenhuma culpa nele, enviou-o a Herodes Antipas, pois soube que Jesus era galileu. Herodes – juntamente com seus guardas – depois de o ter tratado com desprezo, zombou dele, vestiu-o com um manto e o devolveu a Pilatos. Naquele momento, Herodes e Pilatos, que eram inimigos, fizeram as pazes! E Jesus foi reportado para Jerusalém.

Cláudia, percebendo que seria a chance de libertar Jesus, disse a Pilatos:

– Meu esposo e senhor, rogo-te que libertes este homem. Ele é inocente e nenhum crime cometeu. Insisto. Para o nosso próprio bem: não o retenhas, liberta-o.

Ao tê-lo de volta, Pilatos convocou os chefes dos sacerdotes, as autoridades e o povo, e resolveu soltá-lo após aplicar-lhe os castigos, seguindo as tradições de soltar um preso por ocasião da Páscoa.

Cláudia, temendo que Jesus não estivesse mais ao seu alcance, rogou ao marido novas decisões, dizendo-lhe:

– Não te envolvas com esse justo, porque hoje tive um sonho estranho por causa dele.

No entanto, os principais sacerdotes e anciãos persuadiram a multidão que pedisse a liberdade de Barrabás e fizesse morrer Jesus. As poucas vozes gritavam "Jesus", mas o clamor dos infelizes era maior. Tua jovem esposa permaneceu firme e junto aos companheiros. Eu, porém, em desespero e ignorância, tentando consolar a todos, disse-lhes:

– Não vos preocupeis! Assim que o prenderem Ele usará seus poderes para se livrar de todos os malfeitores, assim como aplacou a tempestade. Multiplicará nossas forças contra os inimigos como multiplicou os pães. E mesmo que sejamos feridos não morreremos, pois Ele nos curará a todos. Esperemos, e veremos sair de suas mãos poderosos raios destruidores. Com uma espada de fogo exterminará todos os malfeitores da Terra...

– E isso aconteceu? – perguntou Otávio.

– Claro que não – respondeu o mago. – Descobrimos que a luta de Jesus nunca foi exterior.

O povo, então, mandou que o crucificassem. Levaram-no para o interior do pretório e os soldados bateram em sua cabeça com o caniço e cuspiram nele.

Jesus foi despido, amarrado ao poste, de maneira que ficasse com as mãos muito altas e o corpo derreasse, sem que os pés tocassem o solo. E ali mesmo, de costas, ele foi lanhado ou flagelado trinta e nove vezes. Depois colocaram nele uma coroa de espinhos.

E Pilatos, para o desespero de Cláudia, lavou suas mãos após entregar Jesus aos crucificadores. Pilatos teve a infelicidade de ser o procurador romano que condenou Jesus à morte. Por má sorte, influência dos astros ou determinação divina, ele perdeu uma gloriosa oportunidade de fazer justiça e entrar para a história de forma mais digna. No entanto, agiu de forma egoísta e pragmática. Teve em suas mãos um tremendo movimento e poderia ter sido um herói, mas não foi grande o bastante para agir como um homem de fé.

CALVÁRIO DE REDENÇÃO

"A morte é uma mudança através da qual o Senhor estabelece o critério de justiça e nivela a um só plano as angústias da carne."
Emídio Brasileiro

O jovem Rabi da Galiléia, carregando a cruz, saiu da cidade, em direção ao Gólgota, onde o crucificaram, vestido apenas com um pano, juntamente com dois bandidos. Ele ainda teve forças para dizer: "Pai, perdoa-lhes, porque não sabem o que fazem!".[1]

Seus discípulos, sua mãe e seus parentes ali observavam com imensa tristeza, até o momento em que ele expirou.

Uma estranha tempestade aconteceu naquele instante. Vimos espíritos de mortos andando pelas ruas de Jerusalém e outros acontecimentos indescritíveis.

Mas, três dias após esses acontecimentos, Jesus ressuscitou do mundo dos mortos e visitou muitos dos seus discípulos, dando-lhes novas orientações.

Os soldados espalharam uma mentira, dizendo que o corpo de Jesus fora roubado pelos discípulos enquanto eles estavam dormindo...

Otávio interrompeu:

– Ora, como são ingênuos. Se estavam dormindo, como viram que foram os discípulos que roubaram? Quem está dormindo nada vê!

---

[1] *Lucas, 23:34*

– Sim – disse Emir –, mas isso convinha aos judeus e aos romanos. Mas, retornando a ti, o importante é que abriste teus olhos e te tornaste um homem renovado.

– Que devo fazer, então, mago? – perguntou Otávio.

– Segue o teu coração, meu filho, e faze a vontade de Deus, pois quem faz a vontade dele não pode errar. E ninguém melhor do que o nosso Pai conhece as nossas necessidades. Desiste da vaidade, do orgulho e do egoísmo. Em Jerusalém, procura por Pedro, o pescador, e ele te dirá.

Despediram-se emocionados.

Otávio partiu apressado, distanciando-se.

Chegando aos portões da cidade, Otávio suspira ao ver Jerusalém:

– Por todos os Céus, o que aconteceu a esta cidade?

Um dos soldados falou:

– Parece que fomos estranhamente tirados deste lugar e agora encontramos um outro.

– Oh! Jerusalém – murmurou Otávio –, não tens mais uma fisionomia suntuosa. Onde estão as vias públicas repletas de liteiras luxuosas? Todos os meus sonhos de realizações preparados para ti já não mais existem. Tudo era mera ilusão. Roma é uma ilusão do mundo.

– Ainda assim continuaremos nossa busca? – perguntou o jovem soldado.

– Sim – respondeu Otávio –, mesmo que meus esforços incessantes prostrem meu corpo, minha alma continuará...

Suzana e Isra continuavam ajudando nos serviços das enfermarias e do refeitório. O número de doentes e famintos se multiplicava. Reuniam-se também junto às mulheres, em sua maioria viúvas e órfãs, e relembravam os ensinos e exemplos de Jesus, semeando no coração de cada uma delas as sementes da alegria e das aspirações mais profundas. E também ouviam Cléofas, um dos discípulos que encontrara Jesus no caminho para Emaús. Cada um falava das aparições do amado Mestre e de tudo o que aprendera com Ele.

Durante a noite, Otávio chegou a um galpão onde o ex-pescador de Cafarnaum e muitos outros socorriam os enfermos desventurosos tão recomendados por Jesus. Naquele instante, um homem muito idoso perguntou a Pedro:

– Por que razão teus olhos brilham tanto quando falas em Jesus.

Pedro respondeu com outra pergunta:

– Meus olhos brilham? Oh! Filho, esta pálida luz em nada se compara ao resplandecer de Jesus quando se transfigurou diante de nós no monte Tabor, enquanto orava. Seu rosto brilhou como o sol e sua roupa tornou-se branca como a luz. Então, apareceram Moisés e Elias, envoltos em glória, falando de sua partida e do que Ele ia realizar em Jerusalém. Estávamos sonolentos, mas ficamos acordados e vimos a glória de Jesus e os dois personagens que conversavam de pé junto a Ele.

As palavras de Pedro foram interrompidas pelas insistentes batidas na porta.

Um ex-soldado levantou-se para abri-la. Do lado de fora estavam Otávio e seus dois companheiros.

Lá dentro todos se retraíram. Os doentes encolheram-se em seus leitos com medo, temendo ser algum verdugo.

O ex-soldado deu um passo à frente e perguntou:

– Em que posso servir, irmão?

Otávio, de um salto arregalou os olhos ao ver aquele homem, e disse:

– Longinus! Como pode ser! O que fazes aqui?

Longinus, o antigo soldado servidor de Roma e espião fiel de Vitila, convidou-o a entrar e explicou:

– Não sei de tuas intenções nesta casa, mas devo relatar as minhas.

Fez-se um silêncio e o convertido continuou:

– Durante muitos anos servi a Águia Imperial, mas fui designado para acompanhar a crucificação de Jesus, o Nazareno. Aquela imagem parecia natural para mim até aquele instante e o que me importava era cumprir minhas ordens. Mas, após a crucificação, quando Jesus já estava quase expirando, tomei minha lança e, apontando para seu peito, estiquei a mão para trás. Num gesto único, lancei-lhe a afiada arma em seu lado. Na hora, jorrou água e sangue...

Emocionado, o homem interrompeu a narrativa cobrindo o rosto com as mãos. Nesse instante, Pedro se aproxima e, tocando no ombro dele, diz:

– Prossegue, meu irmão. Servirá de testemunho de que Jesus é o nosso Salvador.

Secando as lágrimas que lhe brotavam do rosto musculoso, Longinus continuou:

– Bem sabes, Otávio, que há muito tempo eu tinha uma grave enfermidade num olho, cuja febre já estava me roubando a visão de um lado. No instante em que feri o filho de Deus, o sangue que jorrou de seu corpo atingiu-me a face. E senti aquelas gotas queimarem não somente a minha pele, mas também a minha alma. Meu olho doente tornara-se imediatamente são. A partir daquele dia, fui ficando diferente. A princípio, fiquei confuso, mas agora, junto aos "Irmãos do Caminho", encontrei as respostas de que precisava. Perdoa-me pelas vezes em que te expus, como espião de Vitila. Se quiseres delatar-me aos seus superiores, tens a liberdade, mas jamais renegarei minha fé naquele que me curou.

Otávio ouviu o depoimento em total silêncio. Depois falou:

– Não estou aqui com esta intenção e felicito-te por tuas venturas. Nem Roma, nem os romanos têm mais a minha consideração. Não és o único a receber as graças do Cristo de Deus.

Os dois homens se abraçaram com forte emoção. E Pedro, igualmente emocionado, perguntou a Otávio:

– Otávio, sou teu irmão Pedro. Em que podemos ser útil?

– Rogo teu perdão por incomodar a esta hora – respondeu Otávio. – Procuro uma mulher chamada Suzana.

Não foram aquelas palavras cheias de gentilezas que impressionaram Pedro a ponto de tecer comentários a respeito de Suzana, mas a expressão sofrida e cheia de ansiosa amargura mesclada a suaves sentimentos. E respondeu:

– Há dias a nossa irmã Suzana não vem aqui, pois está adoentada. No entanto, estive visitando-a ontem e todos os nossos esforços têm sido em vão, pois sua alma está envolta em uma tristeza profunda e mortal. Segue esta via até o fim – e apontou para a esquerda –, então encontrarás o último casebre à direita.

– Grato senhor! – exclamou Otávio com alegria quase eufórica, seguindo em direção ao casebre.

AUXÍLIO DO ALTO

"O homem com fé está vivo ainda que para o mundo esteja morto, porque a morte já não existe."
Emídio Brasileiro

Naquela noite, antes que Otávio chegasse, Suzana e Isra ouviram um barulho do lado de fora e antes que pudessem se proteger entraram porta a dentro três homens visivelmente embriagados, buscando furtar objetos de valor. Um deles saltou à frente delas e falou com ironia:

– Ora, vejam o que encontramos aqui! Duas mulheres que bem poderão sanar a nossa fome e cuidar de nossas necessidades.

– Só temos um pão – falou Isra –, que guardamos para o desjejum. Minha irmã está muito doente, mas se quiseres, podes comer, se tens fome.

Os três homens começaram a rir e a revirar os paupérrimos utensílios, à procura de objetos de valor.

– Nada temos – Suzana falou com dificuldade. – Nossa riqueza não é a mesma que procurais.

Entretanto, um dos salteadores aproximou-se mais de Suzana e falou com ironia:

– Que mundo pequeno! Conheço esta mulher. Ela é de Cafarnaum. Por causa dela tornei-me um eunuco involuntário. Enfim poderei me vingar. Acabemos então com as duas.

Suzana lembrou-se daquele homem que a atacou quando reencontrou Otávio e disse, numa última tentativa:

– Rogo teu perdão, senhor. Sei que a culpa foi minha, mas implorei que nada te acontecesse...

Enquanto falava, o inesperado aconteceu. Ouviram do lado de fora o galopar de cavalos. Os três homens ficaram agitados. Então, Suzana e Isra começaram a gritar:

– Socorro! Socorro!

No mesmo instante, Otávio e os dois soldados entraram porta adentro, surpreendendo dois dos três homens que foram controlados pelos soldados.

Um deles tomou Suzana por trás e, com uma faca afiada, prendeu-a pelo pescoço, mantendo a faca em sua garganta. E disse trêmulo:

– Mais um passo e ela morre.

– Espera – disse Otávio tentando negociar. – Deixa-a e poderás sair vivo. Não te perseguirei e nenhum mal te farei se a deixares livre.

O homem ironizou:

– Conheço todos os porcos romanos. Um passo que eu der e me matarás.

– Pois bem – falou Otávio. – Tenho aqui em minha bolsa algo que aprecias. Vou tirar bem devagar.

E, tirando uma bolsa cheia de dinheiro, balançou-a, fazendo ruir o barulho das moedas de ouro, e mostrou-a ao ladrão, dizendo:

– É tua. Ficarás rico e viverás como um rei.

O homem olhou a bolsa e falou:

– Deixa bem aí no chão e afasta três passos.

Otávio obedeceu e o homem caminhou em direção à porta. Soltou Suzana, jogando-a em cima de Otávio. Rapidamente pegou a bolsa e saiu correndo, desaparecendo na escuridão, junto com os outros dois.

Suzana, cheia de surpresa e alegria, olhando nos olhos de Otávio, falou emocionada:

– Graças a Deus estás vivo!

– Finalmente! – falou Otávio. Vasculhei o mundo, mas te encontrei!...

Sua voz calou-se diante da visão que tivera de sua mãe. Ambos se entreolharam mudos e estáticos. Ele encontrou palavras e trêmulo falou:

– Mãe?! Disseram-me que estavas morta.

– Sim, meu filho, eu estive. Mas um jovem nazareno livrou-me da morte eterna e encheu de paz o meu coração. Agora não importa mais o passado de sofrimentos.

E abriu os braços, recebendo-o como há muito sonhava. Ele abraçou-a emocionado, sem nada dizer. Não conseguia pensar em outra coisa, senão tirar sua amada dali. Olhou para Suzana que estava recostada e disse:

– Vamos embora desse lugar imediatamente...

Isra interrompeu, dizendo:

– Filho, não compreendo tuas intenções, mas... , acredito ser muito tarde.

Otávio aproximou-se de Suzana e, tocando em seu pálido rosto, disse:

– Não vou te fazer sofrer. Vamos sair agora desta cidade antes que seja tarde. Não tenho tempo para explicar. Iremos para longe, onde poderemos viver em paz. Utilizo ainda este uniforme para sair daqui. Assim que atravessarmos as fronteiras, não quero nunca mais tocar em uma espada...

Interrompeu-se ao pegar um candeia de fraca luminosidade. Aproximando-se de Suzana, percebeu que ela estava abatida e magra. Então, perguntou:

– Mas o que houve contigo, minha amada?

Isra, adiantando-se, respondeu:

– Ficamos sabendo por intermédio de uma escrava do Palácio que tu havias morrido em batalha no mar. A pobrezinha entregou-se ao trabalho com os irmãos do Caminho, mas em pouco tempo tornou-se abatida por desgosto profundo. Amargura e melancolia tomaram conta de seu frágil organismo. As perdas foram muitas, para essa alma tão sensível. Perdeu os pais em situação lastimante, nosso Jesus foi crucificado, e o homem a quem tanto amava, que és tu, pensou ter perdido também. A dor de indisfarçável angústia a consome dia após dia. A febre a devora em delírios. Para mim também foi difícil, mas já estou velha e acostumada...

Após falar isso, Isra saiu um pouco para chorar, encontrando os dois companheiros de Otávio sentados em um tronco.

Otávio falou comovido, levantando-a do leito:

– Vamos, eu te levarei em meus braços até a montaria.

– Não adianta, meu amado – disse Suzana, com extrema fraqueza. – A felicidade que sinto por te ver uma última vez refrigera minha alma. Este corpo talvez não suporte mais um passo. Minha esperança não foi em vão, minha fé foi recompensada. Mas, se antes minha alma quis ir para Deus, meu corpo quis ficar e agora minha alma quer terminar os dias ao teu lado, mas...

O coração batia sem ritmo e a tosse forçava-lhe o peito dolorido.

– Agora entendo – falou Otávio, comovido – porque querias seguir Jesus. É impossível alguém não amá-lo mais que a qualquer mortal.

– Enganas-te, meu querido –, disse a jovem. – Por muitas vezes tentei ser discípula do Mestre, mas o meu coração frágil e ainda aprendiz do amor, amava e ama mais a ti e a mim mesma que a Ele. Tu eras, meu querido Otávio, a minha ovelha bem amada... que se perdeu entre as milhares e que eu gostaria de haver recuperado... para Deus.

Ele ajoelhou-se ante o leito paupérrimo e murmurou:

– Por que fui tão cego? Por que não vi que ao meu lado sempre esteve um anjo que tudo tinha a me ensinar? Sempre foste a mais formosa expressão de confiança no Altíssimo. Não vás, minha amada. Sem ti deixarei de crescer. Que será de meu caráter, violento e rude, sem tuas palavras atenuantes? Tuas sugestões carinhosas abrandariam para sempre meu coração impulsivo...

– Se assim falas – disse Suzana –, é porque não tens mais esses defeitos. Já amadureceste. Teu coração está renovado. Deus sempre ouve as preces de um arrependido...

Ela fechou os olhos como se adormecesse em um sono profundo. Otávio fez um breve silêncio, elevou os olhos para o alto e, com as pequeninas e pálidas mãos de Suzana entre as suas, suplicou:

– Jesus, sei que tens me ouvido. Hoje sou um homem diferente, curado do corpo e da alma. Recuperaste-me e em ti tenho confiança. Santifica nossos propósitos de ventura. Da mesma forma que me retornaste a vida, não a leves agora. Peço-te misericórdia. Serei para sempre teu humilde servo, dizendo eternamente que só o Senhor é Deus... não a deixes morrer, eu imploro...

Sua oração foi interrompida pelas lágrimas que lhe inundavam o rosto e pela emoção que lhe apertava a garganta. Ali ficou por duas horas, chorando em silêncio. Até que adormeceu com a cabeça recostada no leito. Após este tempo, Otávio despertou com a voz de Suzana, dizendo:

– Água... por favor!

Suzana acordou e a febre havia cessado. Isra entra na casa, trazendo um copo com água.

– Minha amada – disse Otávio, emocionado –, Jesus ouviu meu clamor.

A jovem, tentando se levantar, falou com espanto:

– Jesus! Disseste Jesus? Ouvi realmente de tua boca este nome cheio de poder?

Os sonhos de ventura tornaram-se realidade. As lutas acerbas contra a dor e a tortura moral cessaram. Agora renovado, o casal se abraça e ela pode dizer:

– Oh! meu amor, como são venturosos os caminhos do Senhor. Tudo Ele faz para nos ensinar a viver em sua misericórdia. Voltaste para sua verdadeira natureza, que sempre foi maravilhosa.

– Sim. Deus libertou-me de minhas ilusões enquanto vi a morte no mar. Mas, saiamos daqui antes que amanheça. Eu te conduzo até os cavalos.

– Para onde vamos?

– Iremos para o Egito, depois para outro país, e se for preciso, em Mênfis venderemos esta jóia por um bom preço, – disse Otávio, retirando da bolsa a pedra de Ramud e mostrando-a à esposa. – Compraremos uma pequena fazenda onde poderemos viver humilde, mas dignamente e longe de todos os conhecidos.

Do lado de fora os soldados já aguardavam com os cavalos. Otávio a colocou em seu cavalo e montou em seguida. O silêncio da noite nunca fora tão sombrio. Todos pressentiam que algo estava por acontecer. Mas ficaram aliviados ao saírem da cidade. O casal parou por um instante e deu um longo beijo, aureolado pelos raios do luar. Isso marcou o recomeço de uma nova vida.

No palácio, Vitila ouve seus espiões e identifica o lugar onde Suzana habitava. Prepara, então, um grupo de assassinos cruéis para a busca, a fim de dar maior vazão aos seus instintos tiranos, pois faria tudo para possuir o diamante.

Quando Suzana e Otávio se distanciaram da cidade, a madrugada ia alta. Andaram um pouco e ouviram o som do galopar de cavalos. Otávio, agitando-se, ordenou:

– Meus fiéis soldados, levai as mulheres para um local seguro. Eu vos seguirei logo após. Ide, rápido.

Suzana aproximou-se e disse comovida.

– Não irei sem ti, meu amor. Deixa-me morrer se for preciso, mas quero estar ao teu lado em todos os acontecimentos.

Otávio beijou-lhe a fronte e disse:

– Não mereço teu amor imenso, mas se assim queres, lutaremos juntos.

Apressaram o passo, mas os cavalos dos soldados de Vitila foram mais velozes e não deram qualquer chance. Logo foram alcançados pelo grupo liderado pela própria Vitila, o qual era em número de doze.

Os soldados de Otávio lutaram bravamente e um dos soldados de Vitila, erguendo uma espada afiada em direção a Otávio, tencionou decepar-lhe a cabeça num só golpe. Otávio desviou, mas a espada do inimigo rasgou-lhe o ombro causando um corte profundo. O sangue derramava e Suzana, temendo piores acontecimentos, gritou:

– Vamos nos entregar e que Deus nos ajude.

Como se dominados por uma força magnética, todos pararam de lutar.

Suzana rasgou um pedaço de sua túnica e, amarrando-o no braço de Otávio, estancou o sangue.

– Por todos os deuses, que agradável surpresa! – disse Vitila, esboçando um sorriso irônico ao aproximar-se de Otávio. – Pensei que estavas morto.

– Deixa-nos em paz – ordenou Otávio. – Sei que a ambição é teu fraco. Entrego para ti todos os meus pertences. Fica com minhas casas, meus servos, minhas terras e todo o meu ouro. Mas esquece o meu nome. Sepulta em tua memória a minha imagem.

Vitila gargalhou soltamente e disse irônica:

– Buscas a paz na fuga? Agora é tarde. Teus homens de confiança na Judéia, certos da tua morte, já se apossaram de tudo. Eu sou a tua única salvação. Infelizmente te tornaste um sacrílego e mereces a morte, juntamente com todos que se negarem a sacrificar aos nossos deuses. A não ser que confessem que esse tal de Jesus é um louco!

Vitila assim dizia na tentativa de negociar a vida deles em troca do diamante. Suzana interrompeu:

– Jamais diremos tal blasfêmia. Quem o reconhecer diante dos homens, Ele também o reconhecerá perante os mensageiros de Deus. Assenta-te, calada, e sai das trevas, ó filha da loucura. Se não conseguires apagar o ódio de teu coração, nunca terás sossego em tua alma.

Vitila corou e ordenou a dois guardas que os amarrassem para serem conduzidos de volta à cidade.

Otávio puxou com violência a rédea do cavalo, soltou-se dos guardas de Vitila e vociferou:

– Sob que acusação e sob que autoridade tenta nos prender? Nada temos contigo, mulher!

Vitila ordenou que seus homens se ajuntassem em Otávio e quando o prenderam, ela disse:

– Isto te será dito no momento do julgamento. Bem sabes que andas com os seguidores da seita condenada do carpinteiro crucificado. Roma não admite traidores.

Suzana elevou a voz e falou:

– Mede tuas palavras venenosas.

Ela disse com ar de vitória antecipada:

– Vejamos se esta mulher continuará tão atrevida ante um julgamento.

– Não temo o julgamento dos homens – falou Suzana. – Jesus advertiu-nos que não devemos temer os que matam o corpo e depois disso nada mais conseguem fazer, mas os que colocam a alma em perdição. Ninguém está esquecido. Até os cabelos de nossas cabeças estão contados. Quanto ao julgamento, o Espírito Santo nos ensinará o que deveremos dizer...

Vitila interpelou, grosseira:

– Aguarda, filha do fanatismo, esse tal Espírito Santo, e veremos se Ele pode te livrar das fornalhas sangrentas!

Calmamente, Suzana redargüiu:

– Quem está com Deus nada pode temer diante dos homens. Pois mais poderoso é o Criador dos Céus e da Terra. Aquele que está com Ele todos os dias chegará ao Reino dos Céus.

Vitila gargalhou e disse:

– Reino dos Céus! Será o reino de Júpiter, Marte ou Vênus?

Suzana respondeu:

– Com certeza não é o tipo de reino que pensas ser. O Reino dos Céus de que Jesus nos fala é comparado ao grão de mostarda que, quando semeado, é a menor de todas as sementes. Mas, depois de semeada por um homem em sua horta, por menor que seja a semente, ela cresce, faz-se árvore e torna-se maior que todos os arbustos, e produz grandes ramos, de modo que as aves do céu podem pousar à sua sombra.

Vitila retrucou:

– Quanta imbecilidade! Achas que alguém acredita em tais discursos? Somente os ingênuos.

Então, a jovem novamente falou:

– Assim falas porque estás distante desse Reino.

Otávio ouvia tudo em silêncio, de certa forma gostando das palavras cheias de coragem que Suzana usava contra Vitila. Vitila sentiu-se humilhada e perguntou:

– Terminaste com as ofensas contra os deuses de Roma?

– Se quiseres posso te falar durante dias e ainda haverá mais o que dizer – respondeu Suzana.

Todos que ali estavam não conseguiram conter o riso, mesmo na situação angustiante. Mas Vitila tornou-se tal qual uma fera e ordenou com rispidez:

– Guardas, tapai a boca desta mulher. Não suporto mais tamanho fanatismo! Vamos logo daqui.

A ordem foi cumprida e todos foram amordaçados até chegarem ao pretório.

PROVAS DE FÉ

"A fé vos dá a segurança da eternidade e vos faz corajosos nas situações mais escabrosas."
Emídio Brasileiro

Os primeiros raios do sol despontavam no horizonte da amada e cobiçada Jerusalém que, em pouco tempo, seria lançada por terra. A morada dos reis e dos profetas de Israel veria seus filhos esmagados, massacrados e açoitados. Todos esses acontecimentos não começariam da noite para o dia, também não terminariam com o raiar do Sol. Não haveria refúgio para os que se encontrassem desgarrados do Senhor. Haveria imundície por todo lado e a história seria escrita com o sangue dos inocentes. Os olhos do povo testemunhariam aflições que seriam contadas sem exagero, de geração em geração. Mesmo condenados à morte, após serem acusados de atearem fogo em Roma, milhares de cristãos se negariam a oferecer sacrifícios aos deuses pagãos. Outros cristãos também não teriam outra saída senão sofrerem o apedrejamento. Os romanos se divertiriam com a morte dos cristãos e os sacerdotes do Templo prosseguiriam, considerando Jesus um perigo para as leis de Moisés.

Teria Deus abandonado seu povo? Esta era uma pergunta que os cristãos não teriam a ousadia de fazer. Considerados traidores, os mais pobres receberiam a sentença fatal e injusta, sem nenhum julgamento.

Eis o que seria a causa da queda de Roma, a mais poderosa nação de toda a história: o poder de vida ou morte tomado em suas mãos.

Após entrarem no pretório, Vitila preparou para que tudo saísse como desejara. Usaria de discrição e conseguiria convencer o esposo a usar sua reputação e seus antigos poderes de comando para julgá-los e condená-los sem que o Império tomasse conhecimento.

Os prisioneiros foram recebidos em uma sala destinada aos criminosos comuns. Ao fundo, alguns instrumentos de punição e suplício.

Vitila, que estava habituada a dar ordens do mesmo modo que um homem, já que vez ou outra o marido estava acamado, chegou sorrateira até Antônius e, com gestos sensuais, aproximou-se como uma serpente e começou sua trama:

– O que acontece quando um oficial não cumpre sua missão? Será que Roma o congratula com um prêmio?

Antônius levantou-se de onde estava recostado e disse:

– Longe disso. É severamente punido, e, sendo a falta muito grave, paga com a própria vida!

– Pois bem, asseguro que há impunidade neste palácio, pois estão aqui Otávio e sua família.

– Otávio?! – espantou-se o velho general que havia planejado a morte do centurião. – Por Juno... pensei que... onde estão?

– Eu os prendi com minhas próprias mãos – respondeu Vitila orgulhosamente. – Sabes que não suporto traidores. Aproveitemos que o governador está fora com sua esposa. Poderemos mostrar aos traidores quem manda e quem detém o poder.

Antônius caminhou até a janela e, retornando, perguntou:

– Mas sem um julgamento, como poderemos executá-los?

– Ora, meu senhor, qualquer coisa serve para condenar essa gente cheia de crimes. Roma nem tomará conhecimento e o pretório está vazio. Além do mais, algumas moedas calarão os soldados.

Enquanto falava, Vitila encheu duas taças de vinho e ofereceu uma ao marido, falando com perversidade:

– Morte a todos!

E obteve a aprovação de Antônius, que mandou preparar tudo com muita discrição.

Isra, a primeira a ser "julgada", é colocada à frente de Antônius, aguardando os processos infamantes. Quando Isra levantou os olhos e o viu, seu corpo se estremeceu e seus olhos ficaram parados. O esposo de Vitila se fixara naquele olhar, mas não pôde reconhecer a jovem que seduzira há tantos anos. Pouco ou quase nada havia restado da beleza que o encantara. Isra estava magra e abatida. Os lábios rosados se tornaram pálidos e os cabelos sedosos se ressecaram com o vento e o sol do deserto.

Ante o tribunal improvisado, ele pergunta com olhar altivo e voz ríspida:

– Qual é a acusação contra esta mulher?

– É mais uma acusada de traição e blasfêmia contra os deuses de Roma e rejeita os ditames do Augusto – leu o acusador, dando um passo à frente. – Por causa desse povo rebelde, seguidores do Crucificado, a ira de Marte cai sobre nossos campos, pois as plantações estão mais secas do que nunca.

– Queima incenso a Júpiter, nega esse tal Jesus e estarás livre – ordenou Antônius.

– Jamais adorarei um deus de pedra – respondeu Isra. – Prefiro a morte a perder minha alma. Quanto aos campos, ignoras que eles sempre ficam secos no inverno?

Houve um silêncio. Naquele momento, Isra dirigiu um olhar cheio de emoção a Antônius e falou:

– Há muito tempo acreditava no amor dos homens e ainda muito jovem entreguei-me a um soldado romano que jurou me amar eternamente. Ele abandonou-me, e nunca mais pude ver sua face. Porém, não pude esquecê-lo, pois seu rosto ficou estampado na face de nosso filho que nasceu meses após sua partida. Desde aquele instante, jurei nunca mais abrir meu coração ao amor, mas um jovem galileu me ensinou que o perdão abre as portas do Céu e todas as mágoas saíram de mim para sempre. Agora, pedes-me para negar Jesus e adorar uma estátua! Nunca!

O antigo general, que não tinha o hábito de estremecer, encabulou-se com aquelas palavras, mas não pôde reconhecer Isra. Vitila aproximou-se do marido e cochichou-lhe algo ao ouvido. Logo após a negação de Isra, o oficial ordenou que fosse morta e junto com ela todos que se dissessem seguidores do Nazareno e se negassem a sacrificar os deuses.

Isra foi levada novamente ao cárcere, onde Suzana a aguardava com ansiedade. Esta lhe falou, carinhosa:

– Não temas, irmã querida. Lembra-te de Jesus. Se alguém quiser segui-lo, renuncie a si mesmo, tome sua cruz e siga-o. Pois aquele que quiser salvar sua vida vai perdê-la, mas quem perder sua vida por amor dele e da Boa Nova, será salvo. De que adianta ao homem ganhar o mundo inteiro, se ele perder sua alma?

Isra acalmou-se e tomou uma expressão de serenidade. Logo os guardas retornaram e, colocando-a em frente a um paredão, ataram-lhe as mãos. Minutos depois, ela recebeu uma lança no peito.

Nesse instante, entra Otávio – que conseguira convencer um guarda a soltá-lo – para retirar dali sua mãe e sua amada. Encontra Isra ensangüentada e, empurrando para o lado os guardas que ali estavam, joga-se em seus braços.

Otávio levanta-se, lança um olhar aos acusadores presentes e fala:

– Loucos! Insensatos! Desconheceis as leis? Fizestes um julgamento ilegal! Vosso imperador vos julgará.

Isra, num último esforço, ergueu os braços em direção ao filho:

– Órion, meu filho! – e, lançando um singular olhar a Antônius, murmura com dificuldade. – Vê. Nosso filho... a semente desprezada, fruto do nosso amor.

E pendeu para sempre a cabeça.

– Mãe, mãezinha querida, cheguei tarde, muito tarde... – lamentou Otávio. E voltando-se para os oficiais, gritou:

– Assassinos, que erro cometeu esta mulher para ter esse fim?

Vitila, tentando entender, aproxima-se e grita:

– Órion? Então, eis o motivo pelo qual querias te vingar de Roma.

– Sim – respondeu o centurião. – Sou galileu, nunca fui romano, ao contrário, sempre tive nojo desse povo desprezível. Inclusive de ti, meretriz.

Antônius, ao ver mãe e filho juntos, identifica-se nas linhas do rosto de Otávio. Fica estático em sua cadeira, pois nunca percebera o quanto Otávio se parecia com ele. O rosto lívido de pavor, ao ver que seu inimigo era seu único filho. O filho que nunca soubera existir e que desejava ardentemente ter e nunca pôde. E quase o matara!

Realmente tivera um caso importante com uma mulher da Galiléia há muitos anos. E dizia a si mesmo: "O que fazer? Abraçar o filho, homem feito, e dizer que sentia muito por tê-lo abandonado? Não poderia, pois matara sua mãe." Na dúvida, preferiu mandar prender Otávio, enquanto pensava no que fazer. Este, ao ser controlado pelos soldados, fez com que todos ouvissem seus esbravejos cheios de revolta:

– Estais todos loucos! Vós não sabeis com quem estais lidando. Quando sair daqui vos destruirei um por um!

Algumas horas se passaram e Suzana mantinha-se em estado de oração. Fora desperta por duas servas que tinham nas mãos vestidos e tiaras de flores. A jovem se estremeceu ao perceber que era uma preparação para um sacrifício. Foi conduzida ao local do holocausto, onde se encontravam inúmeras pessoas convidadas por Vitila. Ao lado da imóvel estátua, cestas de frutas e alimentos diversos. Otávio fora trazido e colocado à distancia, preso pelas mãos e vigiado por dois gigantescos soldados.

Os convidados de Vitila se aglomeraram ao redor de uma estátua branca que representava Júpiter e cochichavam uns com os outros. E uns apontavam para Otávio maledicentemente. À chegada de Suzana, Vitila tomou a palavra, ergueu os braços em direção à estátua de pedra e falou:

– Oh! Poderosa Ceres, deusa das almas dos mortos, recebe agora o sacrifício daquela que o adora acima de todos os mortais.

Nesse instante, um sacerdote se aproxima e diz ao seu ouvido:

– Senhora, perdoa-me. Esta jovem não é a esposa de Otávio? Se assim é, não podes oferecê-la em sacrifício aos deuses, pois ela não é pura, não é virgem. O deus poderá voltar-se contra a senhora.

Vitila despertou e, confusa, falou no mesmo tom:

– Pois bem... é verdade. O que faço?

– Ela poderá lançar o incenso – respondeu o sacerdote.

Ela aproximou-se de Suzana, empurrou-a para perto do altar e gritou:

– Adiante, lança o incenso. E todo o povo que ali estava repetiu: "Lança o incenso e estarás livre".

– Não, não lançarei e nada farei para adorar tua deusa – respondeu Suzana. – Prefiro a morte. Podes matar meu corpo, mas minha alma eterna pertence ao Deus de Israel.

Os presentes ficaram horrorizados e começaram a gritar: "Ela é uma fanática seguidora do crucificado, lançai-a ao forno!".

Nesse instante, Suzana começou a cantar em voz baixa:

– Oh! O Senhor é grandioso, criou o Céu e a Terra, somente Ele é poderoso, onipotente e verdadeiro. Cantarei louvores ao teu nome, porque tu és Deus...

– Cala-te, insolente! – gritou o auxiliar de Vitila, esbofeteando-a. – Como ousas desafiar um deus?

Vitila voltou-se para Otávio, ordenou que soltassem suas amarras e falou:

– Otávio, adora tu a deusa e oferece o sangue dela como sacrifício, antes que os deuses se irem contra todos nós por causa desta ofensa.

Nesse instante, o sacerdote se aproxima novamente de Vitila e sugere:

– Senhora, perdoa-me, mas só podes oferecer o sangue de inimigos de guerra e misturados ao de um holocausto e não é o caso. Se o fizeres, receberás o castigo dos deuses.

Otávio, ouvindo isso, falou em voz alta para que todos ouvissem:

– Vede todos. Esta mulher está louca.

Vitila não se abalou, nem os convidados. E ela pegou um incenso, entregou-o a Otávio e falou:

– Queima tu o incenso.

– Não! – gritou Suzana.

De repente, ante os olhos de todos, a estátua esculpida em pedra branquíssima começa a tornar-se negra dos pés até a cabeça. E ao se assemelhar a carvão, esfarinha-se e desmorona ao chão, qual areia, saindo dela uma poeira tóxica, causando tosse interminável e desmaios em todos os presentes que saem correndo e gritando: "Matem a feiticeira!"

Outros diziam: "Esses cristãos são todos feiticeiros. Exterminai a todos".

No entanto, Vitila não sossegou. Chamou os guardas e ordenou que trouxessem a espada dos sacrifícios. Otávio, tomando a palavra, disse:

– Não podes condenar ninguém à espada sem um julgamento.

– Ao julgamento, então – afirmou Vitila, segura de que, com o julgamento, haveria maiores humilhações. – E ordenou aos guardas que mantivessem a jovem em cela bem guardada, separada de Otávio.

Vitila voltou-se para os convidados que restaram e gritou:

– A festa acabou. Todos podem ir embora.

Ao levarem Suzana, Vitila aproximou-se de Otávio e perguntou-lhe ao ouvido:

– Onde está a jóia de Ramud? Se não está contigo, onde a guardaste? Dize e estarás livre.

Otávio olhou-a com desprezo e disse:

– Então, eis o que tens buscado todo esse tempo! Envergonho-me e enojado estou dos teus beijos falsos. E aviso-te, Vitila, não tens o direito de condenar à morte um cidadão. Não estamos em guerra. É contra a lei.

E acompanhou os guardas, deixando Vitila vermelha de ódio e pensando em algo que não pudesse impedi-la de condenar Suzana. Ordenou, então, que mandassem buscar um sacerdote judeu.

A noite chegou e o julgamento seria ao amanhecer. Colocaram Suzana em uma cela separada, ao fundo do corredor. O quadrículo escuro e úmido que chamavam cela parecia um lugar tão doentio que seria capaz de abater em poucos dias um viril atleta.

Em seu íntimo, a jovem de Tiberíades questionava:

– Oh! Jesus, por que tantas perseguições, enfermidades, encarceramentos? Seria por amor ao teu nome? – E adormeceu soluçando.

No dia seguinte, Vitila fez questão que trouxessem Otávio para assistir ao julgamento.

Ao seu lado estava um sacerdote, mas não do Templo. Era Simeão, que lançou um olhar para Suzana e, chamando Vitila a si, cochichou-lhe ao ouvido. Depois saiu, deixando Vitila com um sorriso irônico no rosto. Simeão deixou a cargo de Vitila o destino de Suzana, pois sabia que ela era capaz de cometer atrocidades. Traria melhor que ele mais sofrimentos à jovem ingrata.

O julgamento não passou de simples pergunta feita por Antônius, que novamente se colocara no lugar do procônsul:

– Confessa que esse Jesus é um feiticeiro?

– Confesso – respondeu Suzana –, que Jesus é o Salvador e a Luz do Mundo. E que ninguém vai a Deus senão por Ele.

Vitila interferiu:

– Vejamos se o seu Deus sem nome pode livrar suas carnes das labaredas sangrentas!

E novamente olhou para Otávio, dizendo-lhe:

– Entrega-me o diamante.

Ele nada respondeu.

Suzana foi levada a uma escadaria que dava acesso ao imenso forno que usavam para assar animais inteiros. Desses animais se retiravam apenas a pele e as vísceras. O calor contagiava todo o ambiente. Dois soldados seguravam-na pelos braços e já iam lançá-la ao forno quando Otávio gritou:

– Esperai! – E voltando-se para ela, suplicou:

– Suzana, renuncia a teu deus, mesmo que seja da boca para fora. Não precisas morrer se não quiseres. Sinto muito por te colocar nesta situação. Queria dar-te o mundo, mas apenas te dei desgostos. Deus não quererá que morras, se realmente for um Deus bondoso...

– Otávio – falou Suzana –, Deus não quer que ninguém morra, mas que tenha vida eterna. Realmente não me importo se neste mundo não há mais lugar para mim. O que fazem estes carrascos é um favor, pois vou para junto do meu querido Jesus e se quiseres poderemos ir juntos. Basta que te entregues a ele com toda a tua alma e com todo o teu coração.

E, olhando para Vitila, falou com emoção, tentando afrouxar-lhe as fibras mais íntimas:

– Tu também podes modificar tua vida. Somos filhas do mesmo Pai que está no Céu.

Ela redargüiu com ironia:

– Quanta ignorância desta mulher. Eu e ela filhas do mesmo pai!

– Entende o que eu digo – insistiu a jovem. – A única diferença entre nós é o amor que tento ter por ti e o ódio infundado que insistes em ter por mim. Antes de Jesus, todos pensávamos que apenas nosso povo seria salvo, mas Ele veio para todos e não só para Israel. É o último pedido que tenho a fazer como prisioneira à beira da morte. Quando Jesus andava entre nós, aprendemos que as situações nem sempre são como pensamos. Assim como Ele não condenou a mulher adúltera, se te arrependeres, também serás liberta, se não voltares a errar.

Vitila aproximou-se e, dando-lhe uma bofetada inesperada, bradou:

– Acaso chamas-me de prostituta?!

Com os olhos úmidos, mas com serenidade terrível, Suzana falou:

– Apenas aproveito a oportunidade para dizer-te que não és a única culpada pelos males que acontecem nesse mundo e quando quiseres poderás ser digna de ser chamada filha de Deus. Deixa as trevas e segue a luz que conduz à vida.

– Silêncio! – interrompeu Vitila. – Já falaste em demasia. Lançai-a logo ao forno. Qualquer animal lançado a essa temperatura se reduz a um delicioso assado em poucos instantes – falou com ironia. – Vejamos se essa insolente continua a tagarelar.

PROVAS DE FOGO

Não conheço a fé sem a bravura da coragem.
Emídio Brasileiro

Suzana subiu uma pequena escada que levava à boca do imenso forno que lançava vapores mortais. Elevou fervorosa prece a Jesus, para que aquele momento fosse breve e servisse de exemplo para outros cristãos que fossem provados em sua fé. Subiu os degraus, pensando: "Ah! Finalmente estarei junto a Jesus. Desta vez o seguirei para sempre".

Mas algo aconteceu. Enquanto orava, uma imagem angelical surgiu em meio à fumaça e disse-lhe:

– Ainda não chegou a hora. Esse tempo chegará. Sereis ainda útil um pouco mais. Tende fé e esperança.

Ao mesmo tempo, ela ouviu um cântico: "Hosana! Os justos não perecerão e os ímpios serão consumidos! Louvemos ao Senhor, Deus de Israel!... "

Otávio livrou-se das mãos dos poucos guardas que sobraram e, quando subia a escada do forno para livrar sua amada, ela gritou:

– Pára, não estás preparado. Da mesma forma que entrar, sairei. Mas tu ou qualquer ser que se expuser a esta temperatura perecerá imediatamente.

Então, ela olhou para todos, retirou sua túnica, entrou no forno e, após alguns rápidos instantes, saiu tão ilesa quanto entrou. Vestiu-se e desceu a escada.[1]

Isso acirrou a ira de Vitila e deixou os presentes estarrecidos.

– Esse forno está frio! Guardas, entrem lá e vejam por que não se queimou – gritou Vitila, desesperada.

– Senhora, perdoa – falou um soldado –, mas estás indo longe demais. Não tens ordens escritas do Augusto para tirar a vida de um cidadão.

Vitila olhou para o soldado com os olhos flamejantes e chamou Antônius, arrogantemente.

– Querido, esse serviçal se nega a cumprir a vontade do Imperador que é acabar com a insubordinação nesta cidade e se esquece que esse povo precisa de exemplos para respeitar a soberania de Roma!

Antônius se aproxima e fala com o soldado em bom latim:

– "Longum iter per praecepta, brevis et efficax per exempla."[2]

Vitila, cheia de si, ordena que o próprio soldado seja lançado ao forno.

– Eu! Não, senhora. Poupa-me – gritou o pobre.

– Covarde – bradou Vitila. – Anda logo, sobe esta escada, sê leal a Roma e Júpiter te protegerá.

Trêmulo, o homem sobe a escada e antes mesmo que se aproximasse da boca do forno fora empurrado para dentro por ordem de Vitila. E o imenso calor em poucos instantes desfigurara o rapaz.

---

[1] *Os físicos ingleses Blagden e Centry demonstraram em 1975 que o organismo humano pode suportar temperaturas elevadíssimas. Em uma atmosfera seca, aquecendo-se aos poucos, o organismo é capaz de resistir até 160.C. O organismo humano não adquire a temperatura do meio em que se encontra, mas conserva aproximadamente sua temperatura normal. O corpo luta contra o aquecimento pelo suor, cuja evaporação absorve uma parte considerável do calor do ar que está em contato direto com a pele. Dessa forma, diminui sua temperatura. (Y. Perelman, Física. 5a. ed. Moscou, 1975) Muitos dias de Suzana foram em temperaturas altíssimas no deserto, deixando-a apta a se adaptar a temperaturas que outro habituado à sombra não suportaria. Da mesma forma, o estado de oração constante, forma um escudo magnético invisível com polaridade repulsiva ao redor do corpo que pode proteger o organismo de elementos que seriam nocivos ao corpo desprotegido espiritualmente.*

[2] *Longo é o caminho do ensino. Breve e eficaz é o exemplo*

Otávio abraçou Suzana e ali permaneceram por alguns instantes.

Vitila se descabelou e esbravejou:

– Às chamas com esses feiticeiros.

Ante os olhos assustados de Antônius e dos soldados, o jovem casal começou a cantar enquanto era levado a uma vala improvisada, uma espécie de cova incandescente, onde se jogavam os cadáveres de mendigos, de ladrões ou de alguém que fosse contra os tiranos dogmas de Roma.

– Otávio, meu querido –, falou Vitila, arrastando-o e tirando-o dos braços de Suzana ante os olhos de todos – tens ainda uma chance. Vive para sempre comigo...

Antônius observava tudo com um ricto de pavor e tristeza íntima. Enervou-se e ordenou:

– Que todos sejam punidos, não há aqui ninguém com bom senso.

Mas Vitila olhou para ele e disse:

– Aquela mulher é a culpada por tudo. Ela lança magia sobre as pessoas.

E, olhando para Suzana, ordenou:

– Lançai-a às chamas!

– Não – gritou Otávio, empurrando Vitila e tentando segurar Suzana.

Os soldados, porém, já a haviam jogado na vala e o fogo se formava ao redor de Suzana. Entretanto, um vento forte formou um espaço vazio entre as chamas do imenso fogo que não podia atingi-la. Ela olhou para Otávio e seu coração acelerou, pois sentia que ele queria ir com ela, mas lhe faltava fé para neutralizar as chamas.

De repente, ele também pula no fogo, abraçando-a em lágrimas e declara:

– Amo-te, Suzana, mas as chamas me queimam. Salva-me – gritou se contorcendo.

– Precisas ter fé! – falou olhando-lhe nos olhos. – O Senhor é nosso juiz. Ele nos salvará. Fique junto a mim, aqui neste lugar onde as chamas não nos alcançam... Renuncia a ti mesmo, entrega teu destino ao Senhor, vive para Ele apenas. A palavra de Deus não é morta, mas viva; move os sentimentos e a razão da criatura para a ação, vivificando-a plenamente. Uma vez fecundada pelo Verbo Divino, continua iluminada e livre para sempre, jamais sentindo e provando a morte, mesmo morrendo mil vezes.

Ele acalmou-se ao sentir que as chamas não mais o tocavam e perguntou confuso:

– Incrível!? Por que as chamas se afastaram?

– Não sentes o vento? Quando Deus tem um plano em nossa vida, a proteção vem de várias formas.

– Oh! como me arrependo das dores que te causei. Perdoa-me, teu Deus é o meu Deus, Jesus é o único Salvador. Não sinto mais o fogo. Mas um calor estranho nasce dentro de mim, que vem crescendo desde que fui ferido no mar.

– É o amor de Cristo – explicou – que vem do sincero arrependimento e que é mais forte que qualquer matéria. Toda alma possui dentro de si a centelha divina que jamais se perverterá. Alma alguma será tão pervertida a ponto de impossibilitar sua regeneração. Nisto consiste o amor e a sabedoria de Deus... agora estamos prontos.

Nesse instante, surge uma luz radiante que ofusca seus olhos. E Suzana, pensando ser o próprio Cristo, clamou:

– Oh! Senhor Jesus! Eterno Amor puríssimo! Deixa-me morrer nesta felicidade! Permite que te siga desta vez.

Do centro da luz, puderam visualizar a imagem de Hilda com seus olhos bondosos a lhes dizer: "O Senhor confia em vós. Ainda não chegou a hora, sereis ainda útil um pouco mais". – Olhou para Suzana e concluiu: "Do ventre do teu ventre nascerá uma esperança".

– Oh! Hilda – respondeu a jovem com lágrimas nos olhos. – Querida e amada irmã, viverei para honra e glória do Senhor meu Deus!

Vitila aproximou-se da vala e se espantou ao ver que o fogo se separava em dois, não os queimando. Então gritou:

– Por todos os deuses! Os poderes das trevas são piores que pensei!

Otávio olhou para ela e perguntou:

– O que queres, mulher? Pede e te daremos, pois nossa morte, não a terás.

– Tu sabes: o diamante, a jóia de Ramud – respondeu Vitila.

Otávio olhou para Suzana e com indizível paixão falou-lhe:

– Tenho imenso apego a esse diamante. Mas que jóia preciosa excederá o teu valor, querida Suzana?

Ela correspondeu ao olhar do esposo e disse:

– Haverá jóia mais valorosa que aquela que brota em teu coração? A jóia da Galiléia, o Cristo de Deus. O seu valor muito excede ao das mais preciosas e raras pepitas que o homem jamais conheceu.

Após estas palavras, Otávio volta-se para Vitila e diz em voz alta:

– Queres o diamante? Então ordena que nos tirem daqui e o terás.

Uma escada de madeira verde é colocada e os dois saem ilesos. Otávio tira do interior da roupa uma pequena e disfarçada bolsa contendo o diamante. Olhou para os olhos sedentos de Vitila e disse:

– Eis aqui o que tanto querias. Tome! – e jogou-a na vala incandescente.

– A jóia de Ramud finalmente é minha! – gritou Vitila, gargalhando. E, sem hesitar, jogou-se na vala atrás da jóia.

Antônius grita:

– Mulher louca, a ambição te deixou cega. Guardas, tirem-na de lá.

Quando Vitila se dá conta, percebe que está se queimando e grita histérica. Os guardas tentam salvá-la, mas o calor aumenta e ela não suporta, indo sucumbir ali mesmo, enlouquecida, com a jóia na mão.

Os soldados, apavorados, vão chamar os arqueiros para crivar de setas o casal.

Quando os arqueiros chegam, Antônius, que acabara de presenciar a morte de Vitila, parece despertar de um sono profundo: o sono da sensualidade e da luxúria alimentado por Vitila. Ordena que os arqueiros se retirem juntamente com todos os soldados. Olha para aquele corpo desfeito pelas chamas e murmura:

– A tragédia. Eis o preço pago pelos prazeres fáceis.

Estende a mão para Otávio e expõe emocionado sublimes revelações:

– Otávio, ou devo dizer Órion? Não importa. És meu único filho. Talvez jamais compreenda meu ato neste instante, mas reconheço que és melhor que teu pai, pois soubeste dar valor ao amor verdadeiro de uma mulher...

Otávio se emociona e não encontra palavras. Haviam acontecido muitos fatos inéditos para que pudesse ter alguma reação. Suzana, percebendo a sinceridade daquelas palavras, abraçou o ancião e olhou para Otávio para que fizesse o mesmo.

Ele hesitou por uns instantes, mas não se segurou e deixou-se abraçar, como a querer saber a sensação do abraço paterno. Antônius disse comovido:

– Vai, meu filho. És jovem! Perdoa teu indigno pai por tudo que fez a ti e a tua mãe. Vai com tua amada para bem longe daqui. Tenho terras na Ásia onde podereis viver em paz, com fartura e trabalho digno. Lá ninguém vos perturbará. É o mínimo que posso fazer pelo que restou de minha família. Antes, permanecei em um confortável palácio que tenho na Gália, até que possais seguir caminho para a Ásia. Espero que me perdoeis pelas muitas falhas que cometi. Agora precisais ir, não tereis muito tempo...

Otávio olhou para Suzana como a querer uma confirmação do que fazer. Ela lhe disse:

– Deveremos perdoar todas as vezes que alguém se arrependa.

Otávio abraçou o pai e com uma espantosa serenidade disse:

– Eu te perdôo, meu pai. Vem conosco.

Antônius, abalado pelas emoções dos últimos instantes, via sua enfermidade culminar. Colocou a mão no peito e sentindo fortes dores insistiu:

– Depressa, não tendes muito tempo. O governador retornará em poucas horas. Meu destino está selado neste lugar. Vinde, vesti-vos decentemente. Valhamo-nos desse instante antes que outros despertem.

E, chamando alguns soldados de confiança, ordenou:

– Preparai os cavalos para conduzir dois parentes até minha residência na Gália.

Em poucos instantes, Antônius preparou uma carta para entregar aos seus servos de confiança, orientando sobre a herança que seria de seu único filho, Otávio. E selou com seu anel.

– Se algo acontecer a mim – disse Antônius comovido –, esta carta vos assegurará. Agora percorrei com cuidado o caminho. Ide, meus filhos, já não há quem os restrinja. Ide em paz e que meus deuses e o vosso Deus vos protejam. Sede livres e felizes, meus filhos... Eu ficarei bem e cuidarei para que vossos nomes sejam esquecidos nesta cidade.

O arrependido e agora bondoso ancião sentou-se num banco, sendo auxiliado por duas servas que lhe ministravam essências às narinas.

À saída do casal, o antigo General de muitas legiões ordenou aos soldados:

– Trazei bastante terra para cobrir esta vala. E que depois seja construída aqui uma pilastra que vá até o teto.

– Mas, senhor, e o grande diamante? – perguntou um servo.

– Será esquecido para sempre – respondeu o ancião, com alívio. – E que os deuses tenham misericórdia de quem desenterrar tão maldita jóia.

Ao saírem da cidade, Suzana lançou um olhar para Jerusalém e percebeu que sensações tenebrosas pairavam sobre a cidade.

Otávio e Suzana partiram de viagem rumo a uma nova vida, seguindo Jesus com suas almas, seus corações, suas inteligências e com todas as suas forças.

Ao atravessarem o deserto, reconheceram de longe o grupo de Josefo que lhes acenou, a distância. Suzana manteve-se em silêncio, mas estranhou o fato de Otávio tê-los cumprimentado e de ser correspondido pacificamente.

Em um país distante, encontraram junto ao sopé de uma imensa e verdejante montanha, um castelo maravilhoso banhado por uma brisa perfumada, que vinha de um lago cristalino, bem ao lado.

SAUDADE SUBLIME

"Quando a Humanidade estiver mais amadurecida e os seguidores do Evangelho estiverem mais sintonizados com o ensino do Cristo, aí então será possível propagar o Evangelho, a todos os povos e nações, e todos reconhecerão a superioridade, a praticidade e a coerência da sua vida e dos seus ensinamentos".
Emídio Brasileiro.

O tempo passou. E o jovem casal adaptou-se à nova morada. Os servos mais antigos se alegraram com a notícia de que Antônius tivera um filho, e o tratavam com exagerada reverência, chamando-o de Antoninus.

Otávio, às vezes, dizia bem humorado:

– Quantos nomes terei até o fim dos meus dias?

Mesmo estando todos felizes, às vezes, por mais que ele tentasse demonstrar felicidade, logo se entristecia:

Certa noite, Suzana se aproximou do esposo e perguntou:

– O que te falta, meu senhor? A ventura bateu à nossa porta, mas, às vezes, parece não ter entrado em teu coração. Teus olhos perderam o brilho. O que te aflige?

Ele silenciou um instante e confessou:

– Perdoaste-me, mas jamais poderei me perdoar por ter perdido a oportunidade de aprender pessoalmente com Jesus, como foi contigo e com tantos outros.

Percebendo seu semblante de indisfarçável melancolia, Suzana sorriu e falou carinhosa:

– Não te inquietes. Acalma o teu coração. Jesus nos prometeu que voltaria e enviaria um Consolador, um Espírito de Verdade, procedente do Pai que nos conduzirá à verdade completa, anunciando tudo o que é dele. Porque Ele nos deixou a paz para que estejamos onde ele estiver. Alegra-te por que ele foi ao Pai e porque o Pai é maior do que todos nós...

– Mas – insistiu o amorável esposo –, como haverei de sepultar em minha memória as lembranças das atrocidades que cometi em tempos de guerra, se até mesmo contigo não esquivei maldades?

Suzana abraçou-o e, beijando-lhe a face, concluiu:

– Meu querido e amado senhor, dizem que quem caminha sempre olhando para trás, corre o risco de tropeçar e perder a linha do horizonte. Esquece, liberta tua mente do passado, vive o presente. O hoje é o que existe de mais importante em nossas vidas. Hoje te arrependes, amanhã poderás construir em ti um castelo inabalável de fé. A fé do hoje é a felicidade do amanhã.

Após aquelas palavras, o amorável Otávio não mais se deprimiu. Seu semblante modificava-se visivelmente a cada dia. O Órion dos tempos de infância não poderia mais existir, mas ficara um Otávio mais sóbrio, maduro, prudente e cristalino.

Alguns anos após, tiveram, pela misericórdia de Deus, um filho e viveram o bastante para conhecer netos e bisnetos. Após partirem para Deus, um dos seus descendentes teria uma filha chamada Helena, que se casaria com um romano. Desta união teriam um filho chamado Constantino. Este herdaria de seus antepassados a predisposição da fé poderosa e a coragem de lutar pela Verdade, criando uma nova Roma Cristã, que mudaria para sempre o curso da história.

Numa tranqüila tarde, um servo havia trazido notícias da Capital do Mundo. Otávio não gostava de lê-las.

Suzana pegou o pergaminho amarelado e distanciou-se de casa alguns passos, indo se colocar à sombra de um enorme carvalho. Assentou-se num banco de ferro que ali estava e começou a ler. Este relatava os últimos acontecimentos com a província e o povo de Israel. As notícias não eram boas. Mas os inimigos dos cristãos tiveram seu fim óbvio.

A idade avançada ainda lhe permitia ler algumas palavras. Estava escrito em latim:

"Saudações! Que a paz do Nosso Senhor Jesus Cristo esteja com todos!

Os últimos acontecimentos referem-se ao fim dos inimigos dos cristãos.

Pilatos foi condenado ao exílio em Viena, nas Gálias, onde morreu afogado. Cláudia assumira o cristianismo junto ao povo.

Caifás foi deposto do pontificado, morreu só.

Simeão foi devorado por cães ao tentar extorquir dinheiro de um pastor de ovelhas.

Herodes morreu de fome ao lado de Herodíades, em Lião.

Salomé afogou-se em um rio congelado. Contam que os pedaços de gelo deceparam sua cabeça e seu corpo foi devorado pelos peixes.

Nero, o louco incendiário de Roma, deixou que a Judéia se tornasse ninho de ladrões e assassinos prontos a desaparecer com qualquer um que fosse contra o governo.

Nos poucos dias de Galba houve paz, mas a cidade foi tomada pelos pretorianos liderados por Otão. Então, tudo começou. Como um vulcão adormecido, a cidade se tornara alvo dos romanos que saqueavam qualquer casa, matavam por qualquer motivo. Como todo mal que acaba por si mesmo, Otão morreu vítima dos seus próprios vícios.

Vitelio, o grande comilão, devorou o império até ser morto.

Vespasiano, criado às pressas, deu a seu filho Tito o comando de Jerusalém, onde reinou a falsa paz, a confusão e o desespero.

Josefo, o esperto rebelde, tornara-se historiador romano. Após rebelar-se contra os militares romanos entregou-se a eles em Massada, depois do suicídio de todos os seus companheiros.

A fome, a guerra, o povo amontoado, os cadáveres apodrecidos largados pela rua, a peste e os males espirituais parecem ter tomado conta daquele lugar.

Não respondam para que ninguém saiba onde estão.

Deus seja louvado!

Assinado: Március"

Suzana fechou o pergaminho e o guardou, agradecendo pela proteção divina no final de seus dias.

A brisa perfumada tocava seus longos cabelos brancos. Ao longe, a sublime visão de Otávio sendo amparado pelo neto caçula e acenando para ela com um sorriso.

Suzana também sorriu e acenou com o lenço branco que trazia à mão. E, olhando para o azul do céu, conversou com Deus da forma como sempre fez em toda a sua vida, sentindo-o bem de perto:

– Realmente, Senhor, feliz é quem sabe passar pelas aflições e aprender com elas sem murmurar, sabendo que as vicissitudes e os tormentos têm uma finalidade útil, uma jornada breve e um fim maravilhoso. Jesus está entre nós. Para todos nós está preparado um Reino, em suas muitas moradas, onde o bem, a felicidade e a perfeição são as regras. Esse Reino nos atrai a todos tal qual a luz da lamparina atrai as mariposas. Feliz é quem não lhe dá as costas, porque não viverá em trevas, ao contrário, terá vida em abundância.

***

No plano espiritual, Anízio termina sua narrativa, percebendo que os olhos de todos estavam úmidos de felicidade.

– Descansemos um pouco para que eu possa relatar-vos separadamente, em outro instante, os destinos no plano espiritual, de Otávio, Hilda, Vitília e tantos outros que, como nós, caminham na senda evolutiva.

Madeleine tomando as mãos resplandecentes do mentor e beijando-as carinhosamente, falou com emoção:

– O meu coração se enche de júbilo ao ouvir tal narrativa transbordante de sábios e maravilhosos ensinamentos. Oh! Anízio! Podemos agora sentir e perceber que é possível encontrar esperanças mesmo nos momentos de desespero, que não é difícil amar nos momentos em que o ódio parece dominar, e que uma pequena luz, mesmo numa grande escuridão, pode iluminar uma estrada longínqua, assim como a paz pode reinar completamente, mesmo que aparentemente tudo esteja perdido.

Anízio olhou para seus tutelados e disse:

– Eis o maior modelo, meus irmãos, o melhor exemplo de vida: Jesus, em sua elevada condição de espírito puro, transcendeu a qualquer outro profeta. Mas, veio ao mundo e viveu como um homem comum. Porém, sem erros, para que pudéssemos tê-lo como exemplo. Ele sorriu quando os discípulos retornaram; chorou ao ver Jerusalém; dormiu no barco; vigiou no Getsêmane; indignou-se com a pequena fé dos seus discípulos; teve compaixão da mulher adúltera; teve sede, em Samaria; escreveu na areia; cantou, junto aos discípulos antes da ceia; ensinou constantemente; calou-se ante Herodes; orou todos os dias; sentiu dor diante do "cálice amargo"; teve fé antes de chamar Lázaro; protegeu-se quando os fariseus tentaram prendê-lo antes que chegasse a sua hora; entregou-se aos sacerdotes quando sua hora havia chegado; rendeu-se, quando disse: "sou eu"; abençoou a todos que o seguiram; condenou os ricos ambiciosos; tomou emprestado um jumento; pagou imposto a César; profetizou junto ao Templo; curou com palavras e toques; amou incondicionalmente; deu a sua vida e ressurgiu para provar que a alma é imortal, enquanto o corpo é perecível. Aprendamos com ele e teremos o segredo da Vida Eterna.

FIM

OUTROS LIVROS DA EDITORA

De Francisco do Espírito Santo Neto

Os Prazeres da Alma

ditado por Hammed

Esta obra, a exemplo do livro *As Dores da Alma*, é objeto de estudo do comportamento e dos potenciais humanos baseada em *O Livro dos Espíritos*. O benfeitor Hammed denomina *Os Prazeres da Alma*, sentimentos como a sabedoria, a alegria, a afetividade, a coragem, o autoconhecimento, a lucidez, a compreensão, o amor, o desapego, a compaixão, o perdão e outros tantos. Hammed busca no trecho do *Novo Testamento* (Marcos 12:37) "E a multidão O escutava com prazer!" a inspiração para o título deste livro.

As Dores da Alma

ditado por Hammed

Nesta obra Hammed faz uma análise dos "sete pecados capitais" e, ao mesmo tempo, um estudo sobre a depressão, o medo, a culpa, a mágoa, a rigidez, a repressão – o que ele denomina as "dores da alma". Constrói pontes entre os métodos da Sociologia, da Psicologia, da Pedagogia e diversas questões de *O Livro dos Espíritos*. Uma excelente reflexão sobre o comportamento humano.

Renovando Atitudes

ditado por Hammed

Hammed, neste livro, diz que só podemos nos transformar até onde conseguimos nos perceber. Ensina-nos como ampliar a consciência para que possamos enxergar as verdadeiras intenções que motivaram nossos atos e atitudes e, por conseqüência, melhoraram nosso procedimento em relação à vida. Obra baseada em *O Evangelho Segundo o Espiritismo*.

Um Modo de Entender - Uma nova forma de viver

ditado por Hammed

O principal objetivo desta obra é levar a todos um modo de pensar meditativo a respeito dos ensinamentos de Jesus de Nazaré. É abrir todas as janelas da casa mental para que possamos ver claro o oriente e o ocidente, o nascer e o pôr-do-sol, enfim para que possamos enxergar as diversas partes daquilo que se pensa ou se concebe, e o jeito como elas se apresentam. Ofertamos aos leitores ***um modo de entender*** que pode levá-los a ***uma nova forma de viver***, se buscarem na própria intimidade o Reino dos Céus ou o Refúgio Sagrado, utilizando como tocha a luz multidisciplinar da Ciência, da Filosofia e da Religião.

Impressão
Prol Editora Gráfica